El Llamado del Amor

Julieta y Min Ho

Kankis Lefky

El Llamado del Amor

Julieta y Min Ho.   Saranghae

© 2019   Kankis Lefky. Todos los derechos reservados.

ISBN: 9781087037950

PROHIBIDA LA REPRODUCCIÓN TOTAL O PARCIAL DE LA OBRA SIN EL EXPRESO PERMISO DEL AUTOR.

Edición: Artemisa Pacheco

Portada: Blanca Alonso

Julieta y Min Ho

Saranghae

Kankis Lefky

Agradecimientos por siempre:

A mis favoritos por existir.

A ti estimado lector por permitirme compartirte esta historia.

A Dios por todo y por tanto.

Dedicado a todos aquellos que aún creen en la magia de las miradas y el romance.

EL LLAMADO DEL AMOR

Libro 1: Dulce y Yash

Libro 2: Adrián y Rosa

Libro 3: Nina y Cassian

<u>Libro 4: Julieta y MinHo</u>

1

Julieta era una linda niña de brillante cabello rojo, de hermosos y expresivos ojos verdes, que cursaba el sexto grado de la escuela primaria. A diferencia de sus cuatro hermanos mayores, que todas las tardes jugaban baloncesto con sus amigos en el parque que cerraba la calle donde vivían, Julieta gustaba de pasar su tiempo libre viendo en su computadora portátil, diversos centros turísticos de las más importantes ciudades del mundo, mientras escuchaba música en el balcón de su habitación.

Sus padres celebraban esa curiosidad insaciable por el mundo, felices de que su hija cultivara su mente viajando a través de una pantalla. Nunca imaginaron que los museos de París y los templos de Bangkok eran solo el decorado de un teatro mucho más íntimo. El verdadero viaje de Julieta ocurría en el balcón, con la mirada fija en la puerta de la casa de enfrente, esperando el instante en que Min Ho apareciera para dirigirse al parque.

Ese breve tránsito suyo, de apenas unos segundos, era suficiente. El mundo, que momentos antes era en tonos de gris, se saturaba de colores vibrantes mientras él caminaba al encuentro de sus hermanos, tan queridos como escandalosos.

Park Min Ho, un chico de tercero de secundaria, habitaba un universo de privilegios adolescentes que a ella, una simple niña de primaria, le parecía inalcanzable. Pero el corazón ignora las distancias. Y cada vez que él pasaba, el suyo latía al compás de una canción secreta, una poesía hecha música que solo él sabía inspirar.

El primer encuentro estaba grabado a fuego en la memoria de Julieta. Ocurrió años atrás, cuando Min Ho llegó desde Corea con sus padres para ocupar la lujosa casa de enfrente, con su jardín que parecía sacado de un cuento. Él tenía siete años, y ella 4, pero lo recordaba con una nitidez perfecta: la imagen del niño de cabello oscuro y lacio bajando de un automóvil negro tan lustroso como sus ojos. Y entonces sucedió: en medio del ajetreo de la mudanza, su mirada se elevó y se clavó en la de ella, que lo espiaba desde la ventana. Un instante suspendido en el tiempo, que solo terminó cuando sus padres lo tomaron de la mano para guiarlo al interior de su nuevo hogar.

Para Julieta, ese cruce de miradas fue un pacto silencioso.

Días después, sus padres, los Sres. Pacheco —siempre tan cálidos y sociables— organizaron una fiesta de bienvenida. Y fue allí, bajo el bullicio de las conversaciones adultas, donde Julieta, impulsada por un magnetismo que no entendía, se abrió paso entre la gente. Al ver de cerca aquellos ojos almendrados que la habían hechizado desde lejos, no lo pensó dos veces. Lo abrazó con una certeza instintiva, con la naturalidad de quien recibe a una parte de su alma que había estado ausente. El gesto despertó la sorpresa en sus padres y una sonrisa de agradecimiento en los señores Park.

Sin embargo, después de aquella fiesta que lo prometió todo, la vida dibujó un muro invisible entre ellos. Min Ho y sus hermanos mayores forjaron una amistad inquebrantable de baloncesto, hamburguesas y salidas al centro comercial, mientras la música y el cine se convertían en sus ritos de adolescencia.

Y Julieta, desde la orilla de su infancia, se quedó con solo aquel abrazo y la promesa de una mirada, convertidos en el secreto que alimentaba sus días en el balcón.

Mientras la pandilla de adolescentes llenaba las tardes de ruido y travesuras, Julieta habitaba un mundo de notas de piano y mapas desplegables. Pero su atención nunca estaba del todo en esas actividades; era una vigilia constante, un oído siempre atento al regreso del grupo.

Porque en ese instante en que Min Ho cruzaba frente a su casa, una calidez repentina le acariciaba el pecho, un susurro interno que la dejaba suspendida en el tiempo.

Era la pequeña de la familia, la única que aún navegaba los años de primaria. Sus hermanos, repartidos uno en la secundaria, dos en la preparatoria y uno ya en la universidad, compartían un mismo colegio, un microcosmos dividido por una enorme reja. Este muro no era solo de metal, sino simbólico: separaba el bullicioso territorio de los mayores —con sus juegos de futbol y baloncesto— del mundo protegido de los más pequeños.

Su excelencia académica se convirtió en su pasaporte secreto. Al ser una alumna ejemplar, su maestra solía enviarla a la Dirección con recados o materiales. Y la oficina directiva, oh casualidad del destino, se alzaba en el patio de secundaria y preparatoria. Cada encargo era una misión clandestina, una oportunidad de oro para robar un vistazo al universo donde Min Ho existía. A veces, con el corazón galopándole en el pecho, tenía la suerte de divisarlo en la cancha, su figura ágil destacándose entre sus hermanos y amigos.

Entonces, Julieta alargaba el paso todo lo que podía, caminando despacio, muy despacio, tratando de grabar a fuego cada uno de sus movimientos. Él, inmerso en su mundo de adolescente, nunca reparaba en esa niña de trenzas color fuego que pertenecía al otro lado de la reja. Pero para ella, cada mirada furtiva confirmaba lo que su corazón ya sabía: lo que sentía por Min Ho no era un capricho infantil, sino la primera y verdadera convicción de su vida.

Una efervescencia mágica que había echado raíces en su alma y que, estaba segura, nadie más podría despertar. Aunque la distancia de cursos era un océano a sus ojos, una esperanza la mantenía a flote: el siguiente año, por fin en la secundaria, la reja sería solo de metal. Y sus miradas, tal vez, podrían encontrarse en el mismo patio.

Una sonrisa inconsciente a veces traicionaba a Julieta, brotando de un recuerdo dorado: la época en que Min Ho aún pisaba la primaria. Lo evocaba bajo la sombra de un árbol, absorto en sus libros, un imán para aquellos niños que se acercaban a burlarse de su acento. Pero él, con una serenidad que lo hacía parecer de otro mundo, nunca se inmutaba. Su respuesta era un arma secreta: les hablaba en coreano, un torrente de sonidos musicales y exóticos que transformaba las burlas en asombro. Los mismos que lo molestaban terminaban rogándole que les enseñara alguna palabra.

Fue en esos años cuando forjó su amistad con sus hermanos, especialmente con David, su compañero de clase y cómplice en toda aventura deportiva. Julieta, por su parte, se esforzaba por ser la alumna más brillante y la niña más elogiada de la primaria. En el silencio de su corazón, anhelaba que los ecos de sus logros llegaran a oídos de Min Ho. Pero pronto entendió la cruda realidad: para un chico de secundaria, esos tres años de diferencia eran un abismo infranqueable.

Con el tiempo, la amistad entre las familias Pacheco y Park se volvió inquebrantable. Las fiestas que organizaban eran un ritual social donde sus hermanos y Min Ho se convertían en anfitriones perfectos, dedicando sonrisas y atención a todas las jóvenes invitadas.

Y allí, en un rincón, la ejemplar Julieta intentaba fundirse con las paredes. Mientras observaba cómo su amor platónico bailaba y reía con otras chicas, sentía cómo un cristal muy fino se resquebrajaba en su pecho. Cada una de sus sonrisas ajenas era una pequeña grieta en su propio corazón.

2

Por fin llegó el anhelado momento: Julieta cruzó las puertas de la secundaria. Min Ho y su hermano David, ahora en preparatoria, habitaban un estrato aún más alto en el ecosistema escolar. Ella ya no era la niña de las trenzas; ahora dejaba fluir su melena roja como una seda cobriza, enmarcando un rostro donde sus cejas oscuras y pestañas largas hacían resaltar el profundo verdor de sus ojos. Un toque de brillo en sus labios era su única y discreta concesión a la adolescencia.

Desde el primer día, se convirtió en el centro de un murmullo admirativo. Jóvenes de todos los niveles, incluso algunos de preparatoria, se acercaban con sonrisas calculadas y ofertas de amistad que delataban sus verdaderas intenciones. Pero Julieta, con una elegancia innata, parecía vivir detrás de un cristal invisible. Los refrescos, chocolates y paletas que llegaban anónimamente a sus manos encontraban nuevo hogar con sus amigas, quienes celebraban los frutos de una admiración que a ella le resultaba indiferente.

Era la consentida de los maestros, impecable en sus deberes y brillante en sus exámenes. Durante los descansos, su ritual era inmutable: acompañada de sus amigas, ocupaba su banca estratégica para observar, entre todos los jugadores, a uno solo.

Así transcurrió su primer año, una monótona y dulce espera. Pero casi al inicio del segundo, su mundo ordenado se vio sacudido por una idea "genial" de su maestra de Educación Física: formar un equipo de voleibol. Y cuando comenzó la selección, la primera elegida, para horror silencioso de Julieta, fue ella.

A pesar de su aguda inteligencia, sus extremidades parecían declararse en huelga ante cualquier deporte que involucrara un balón. La Educación Física era su única asignatura odiada, no por pereza, sino porque su alma anhelaba un ejercicio más pausado, una danza donde poder sentir cada músculo y disfrutar cada respiración. El caos del voleibol era su pesadilla hecha realidad.

Cada entrenamiento era un suplicio. Detestaba quedarse sin aliento correteando sin un propósito claro, y más aún, la posibilidad de recibir un pelotazo o un golpe accidental de alguna compañera demasiado entusiasta. Decidida a evitar esa tortura, se acercó a su maestra con la mejor de sus sonrisas.

—Profesora Alicia, en serio no sirvo para esto. Con todo gusto me ofrezco a llevar el registro de las jugadas o ayudar de cualquier otra forma… pero le ruego que me excuse de jugar.

—¡Vamos, Julieta! Si tú eres de las que todo lo hacen bien —la interrumpió la profesora, con ese tono de motivación implacable que tanto la exasperaba—. Mira, esta es la oportunidad perfecta para demostrar que podemos ser tan fuertes y competitivas como los chicos. ¡Que no somos de cristal!

El corazón le dio un vuelco. Esa era justo la clase de motivación que menos le funcionaba.

—Profesora… a mí lo que me da pánico son los pelotazos —confesó, con la voz un poco más temblorosa de lo que hubiera querido—. Me es igual que los chicos piensen que soy de cristal. Si me pone a jugar, le aseguro que solo haré el ridículo.

—Pero, niña, ¿dónde quedó tu seguridad? —insistió la profesora, frunciendo el ceño—. ¿Vas a rendirte sin siquiera intentarlo?

—No es rendirme, es ser realista —argumentó Julieta, aferrándose a su lógica—. Muchas de mis compañeras son mucho mejores y estarían encantadas de tener mi lugar.

—Pues yo te voy a demostrar que estás equivocada. ¡Verás que lo harás mejor de lo que crees! Ahora, ve a la cancha y prepárate para entrenar. Es una orden.

—Sí, profesora —murmuró Julieta, con la derrota grabada en el rostro.

Caminó hacia la cancha con paso lento, una sombra de frustración siguiéndola. Sin embargo, en el fondo de su ser, esa chica que siempre buscaba el lado positivo a las cosas, decidió respirar hondo y darse una oportunidad. Al fin y al cabo, ¿qué era lo peor que podía pasar?

Decidida a no quedar mal, Julieta se entregó al juego con una determinación que le ardía en los huesos. Cada golpe a la pelota era un martillazo en sus antebrazos, una vibración dolorosa que le recorría hasta los hombros. Mientras veía a sus compañeras lanzar *cañonazos* con una potencia incomprensible para ella, solo podía preguntarse en silencio: ¿de dónde sacaban tanta fuerza?

Cuando el silbato de la profesora dio fin al suplicio, Julieta ya respiraba con alivio. Pero entonces la profesora Alicia se le acercó, radiante.

—¿Lo ves, Julieta? ¡Te lo dije! Lo hiciste excelente.

Ella parpadeó, desconcertada. ¿*Excelente*? ¿Acaso habían visto el mismo partido?

—Con todo respeto, profesora —dijo, secándose el sudor de la frente—, mis compañeras disparan a ganar y yo... siento que apenas acaricio el balón.

—Pero eres ágil y no fallaste ni un solo saque. ¡Eso es tenacidad!

Mientras la profesora se alejaba, algunas chicas continuaron jugando. En un descuido de Julieta, que aún masajeaba sus doloridos brazos, una de ellas lanzó un saque con furia desmedida. El balón se convirtió en un proyectil que se estrelló con un golpe sordo y perfecto contra su rostro.

El mundo se detuvo. Un dolor cegador estalló en su nariz, seguido de un calor húmedo que empezó a chorrear sobre sus labios. Las piernas le flaquearon y cayó de rodillas en el suelo, aturdida por el impacto, mientras las voces de alarma de sus compañeras llegaban a sus oídos como un eco lejano.

El caos se apoderó del lugar. Mientras la profesora Alicia salía corriendo en busca del médico y una compañera intentaba, sin éxito, inclinar su cabeza hacia atrás, Julieta solo sentía el mareo y el sabor metálico de la sangre. De pronto, una voz serena y firme se impuso sobre el alboroto.

—Inclínate hacia adelante, Julieta.

Era Min Ho. Una de las chicas protestó:

—¿Estás loco? ¡Se va a desangrar!

—Confía en mí —dijo él, con una calma que desarmaba mientras se hincaba junto a Julieta y con suavidad le ayudaba a inclinarse hacia adelante, colocándole su pañuelo en la nariz—. Si se inclina hacia atrás, podría atragantarse. Es mejor que la sangre fluya. ¿Alguien ya fue por el doctor?

—La profesora fue por él —respondió otra voz—. Mira, ya vienen.

Min Ho arrodillado a su lado, tan cerca que su aliento le rozó la oreja al susurrar:

—Te cargaría para llevarte más rápido, pero es mejor que no te muevas hasta que él te revise.

Su voz era tan dulce y su preocupación tan tangible, que, en medio del dolor, a Julieta le estalló en el pecho una certeza absoluta: esto era el amor a primera vista, confirmado en un instante de vulnerabilidad.

Julieta apretó contra su nariz el pañuelo que Min Ho le había ofrecido, pudiendo sentir en la tela el tenue aroma a limpio y a él. Entonces, su mano encontró su espalda, y la firmeza de esa palma sosteniéndola se convirtió en el único punto de estabilidad en su mundo que giraba. Aunque el dolor seguía pulsando en su rostro, una calidez reconfortante la inundó por completo, tan intensa que, por un instante, Julieta juró ver el aire a su alrededor lleno de brillantes burbujas de colores.

Lo que ella ignoraba era que Min Ho había estado observando todo el partido desde la distancia, con la secreta esperanza de verla jugar. Cuando llegó el doctor, este elogió la rápida intervención.

—Bien hecho al inclinarla hacia adelante. Es un error común echar la cabeza hacia atrás; puede provocar que se ahogue.

—No fui yo, doctor —aclaró la profesora Alicia, con una mirada elocuente hacia el joven—. Fue Park Min Ho.

—Bien por usted, joven. ¿Me ayuda a llevarla al consultorio?

Min Ho asintió y, en un movimiento fluido, la levantó en sus brazos como si no pesara nada. Con la mejilla apoyada en su pecho, Julieta podía sentir el latido de su corazón contra su propio dolor. El mundo se desdibujó. Ya no importaba la sangre, la nariz adolorida o la vergüenza. En ese instante, suspendida en sus brazos, supo que ninguna fantasía podría igualar la realidad de estar, por segunda vez en su vida, tan cerca de él.

3

El doctor le examinó la nariz con una suavidad que contrastaba con sus manos grandes y, tras limpiar con cuidado el último rastro de sangre, le dedicó una sonrisa tranquilizadora.

—No es nada grave, Julieta, pero el golpe fue fuerte. Lo mejor será que te lleven a casa a descansar —dijo, mientras garabateaba algo en un formulario—. Le diré a tu novio que pase.

Las palabras del médico cayeron como una piedra en un estanque. *Tu novio.* Por un instante, el tiempo se detuvo. Una ráfaga de burbujas doradas, efervescentes y cálidas, estalló en el pecho de Julieta, ascendiendo hasta su garganta y amenazando con escaparse en forma de una sonrisa boba.

—¿Mi... novio? —susurró, probando las dos palabras en su lengua, saboreándolas como si fueran el caramelo más dulce y prohibido. El moretón en la nariz había dejado de dolerle por completo.

Al abrir la puerta, el doctor se encontró con Min Ho, que no estaba simplemente apoyado en la pared, sino casi pegado a ella, con los hombros tensos bajo el impecable uniforme escolar. Tenía el ceño fruncido y las manos hundidas en los bolsillos, pero en el momento en que la puerta se movió, dio un paso al frente como impulsado por un resorte.

—¿Cómo está? —preguntó, su voz firme, pero con un dejo de ansiedad que él mismo parecía querer ocultar. Sus ojos recorrieron inmediatamente el rostro de Julieta en busca de una respuesta, antes de fijarse en el doctor.

—Tranquilo, campeón. Estará bien, aunque no se salvará de un buen moretón en la nariz —explicó el doctor, con un tono más relajado—. Necesita reposo en casa. Lo mejor es que la lleves ahora mismo. Yo mismo paso el aviso a Dirección.

Min Ho asintió con una seriedad casi adulta, prestando atención a cada una de las instrucciones sobre el hielo, las horas de descanso y la medicación.

—Entendido. Me aseguraré de que descanse. Y se lo haré saber a sus padres. Muchas gracias, doctor.

Cuando el médico se perdió al final del pasillo, Min Ho se acercó a Julieta. No había nadie más en la enfermería. El mundo, de repente, se redujo a los pocos centímetros que los separaban. Con una ternura infinita, le tomó las manos. Eran suaves, pero las suyas temblaban ligeramente. Se inclinó un poco, buscando sus ojos, y en los de él, normalmente serenos y distantes, ella descubrió un brillo nuevo, una calidez que le hizo el corazón un nudo y se lo deshizo en mil pedazos al mismo tiempo.

—¿Cómo te sientes de verdad? —preguntó, en un susurro—. ¿Duele mucho? No me mientas.

—Solo un poco —murmuró ella, sintiendo que flotaba a centímetros del suelo, sostenida únicamente por la calidez de sus manos—. El doctor me dio una pastilla. Gracias, Min Ho. De verdad.

—No tienes que darme las gracias —dijo él, negando con la cabeza. Por fin soltó una de sus manos para buscar algo detrás de él—. Tu mochila. Una de tus amigas, la del pelo rizado, me la dio. Vamos.

Se colgó la mochila al hombro, un gesto tan sencillo y a la vez tan protector que a Julieta le pareció verlo con una nueva luz. Luego, le ofreció el brazo, doblando ligeramente el codo.

—Tómate de mí —le pidió, con una dulzura que no admitía discusión.

Julieta entrelazó su brazo con el de él, y el contacto fue como una chispa. Comenzaron a caminar por los pasillos vacíos del colegio, sus pasos resonando en la quietud de la tarde. Cada paso era una confirmación: *esto es real*. Iba del brazo de Park Min Ho, la estrella del equipo de baloncesto, el chico que todas miraban, y el mundo entero se había teñido de los colores pastel de sus sueños. La punzada sorda en su nariz era solo un eco lejano, un pequeño precio que pagaría mil veces por este instante de felicidad perfecta.

La caminata hasta su casa fue un suspiro. Demasiado corta. Demasiado perfecta. Al llegar al portal, Min Ho tocó el timbre y, sin soltar el brazo de ella ni un segundo, explicó a la Sra. Pacheco lo sucedido. Su voz tranquila y serena calmó la alarma inicial de su madre al instante.

—¿Mi niña, cómo te sientes? —preguntó su madre, acariciándole el cabello con suavidad, mientras sus ojos repasaban el rostro de Julieta con preocupación—. ¿Te duele mucho?

—Ya no, mamá, de verdad —sonrió Julieta, débilmente, pero con una paz que desarmaba. Era imposible sentirse mal con Min Ho a su lado.

La Sra. Pacheco se volvió hacia el joven, con una sonrisa agradecida que iluminó sus facciones.

—Muchísimas gracias, Min Ho. No sabes cuánto te agradezco tu amabilidad y que la hayas traído. Eres un encanto.

—No es nada, señora, de verdad —respondió él, un poco cortado por el cumplido, una pequeña mancha roja tiñendo sus pómulos—. Me tengo que ir ya, debo regresar a clase. Solo quería asegurarme de que Julieta llegara bien a casa.

—Julieta, hija, da las gracias.

La joven alzó la vista, encontrándose de nuevo con aquellos ojos oscuros que ahora la miraban solo a ella. El sol de la tarde creaba un halo de luz a su alrededor.

—Gracias, Min Ho —dijo, y su nombre supo a hogar en sus labios—. Por todo.

—No hay de qué —respondió él, con una sinceridad que hizo que el corazón de Julieta diera un vuelco y se le formara un nudo en la garganta—. Por cierto, jugaste muy bien. El partido fue increíble gracias a ti. Señora —añadió, dirigiéndose a su madre—, si no le molesta, ¿le importa si llamo más tarde para saber cómo sigue?

—¡Por supuesto que no, hijo! ¡Faltaría más! —exclamó la señora Pacheco, con una sonrisa de oreja a oreja—. Ya sabes que aquí siempre serás bienvenido.

Con una última sonrisa, un tímido y rápido gesto de despedida para Julieta, Min Ho se dio la vuelta y empezó a alejarse calle abajo.

Cuando la puerta se cerró tras él, Julieta apoyó la espalda en la fría madera. Sentía que las piernas le flaqueaban, pero no por el golpe. Una sonrisa inmensa, imborrable, se dibujó en su rostro. No era solo "la hermanita de sus amigos". Él sabía su nombre. Lo pronunciaba con una dulzura que le erizaba la piel. Y había dicho que jugó bien. Vio el partido. Pero, sobre todo, iba a llamar. Esa noche, el teléfono sonaría, y el mundo de Julieta ya no volvería a ser el mismo.

Tan pronto se quedaron solas, su madre aplicó sus infalibles remedios caseros. Con un algodón empapado en aceite de árnica, le preguntó en un susurro cómplice:

—Y ahora que no está ese guapo caballero ni tus hermanos... la verdad, ¿te duele horrores?

—¡Un montón, mamá! El golpe me hizo ver las estrellas.

—Pero cuando llegó Min Ho... —insinuó su madre con una sonrisa—, esas estrellas se volvieron de colores, ¿verdad?

—Sí —susurró Julieta, ruborizándose—. Hasta se me olvidó el dolor. ¿Cómo lo sabes?

—Porque soy tu mamá, y sé que ese chico tiene un lugar especial en tu corazón desde que eras una niñita. Pero que tus hermanos no se enteren, o no vivirás en paz sus bromas.

—Hoy fue el día más maravilloso de mi vida —confesó Julieta, abrazando un cojín contra su pecho.

Mientras su hija revivía cada segundo, la Sra. Pacheco sonrió.

—Bueno, mientras repasas tu día de película, yo voy a ver la comida, que no tardan en llegar los hombres.

Al quedarse sola, Julieta no pudo evitar sonreír. Aquel pelotazo había sido la mejor desgracia de su vida. Gracias a él, Min Ho no solo había sido su salvador, sino que la había mirado de una manera que hizo temblar la realidad. Y lo mejor de todo: había prometido llamar. Por primera vez, su sueño no solo era suyo; el mundo entero parecía conspirar para acercarlo a ella.

4

El bullicio de sus hermanos irrumpió en la casa y, con él, una ola de preocupación. Habían llegado con la noticia fresca y se abalanzaron hacia la sala donde Julieta descansaba en el sofá. Mientras su madre narraba los hechos, la escena se desarrolló en un caos de cariño: Antonio la abrazó contra su hombro, Alejandro le examinó la nariz con una seriedad médica que rayaba en lo cómico, Mario lanzó una arenga contra la profesora Alicia por su "reclutamiento forzoso", y David, el más tranquilo, escuchaba atento cada detalle.

Después de un rato de mimos y exageraciones, la familia pasó al comedor. La cena transcurrió con normalidad hasta que, en medio de la charla de sobremesa, el timbre del teléfono cortó el aire. Alejandro se lanzó a contestar. Tras una conversación salpicada de risas, colgó y regresó a la mesa con una sonrisa pícara dirigida a Julieta.

—Era Min Ho. Preguntaba por ti, para saber cómo estabas.

—¿Y? ¿Qué le dijiste? —preguntó ella, intentando mantener un tono despreocupado mientras su corazón daba un vuelco.

Alejandro puso una cara de profundo pesar y suspiró.

—La verdad... que tienes la nariz tan hinchada que pareces un troll de esos de las películas.

—¡¿Qué?! ¡¿Por qué le dijiste eso?! —exclamó Julieta, horrorizada, mientras las carcajadas estallaban a su alrededor.

Al ver su genuina desesperación, Alejandro se rio y rectificó de inmediato.

— ¡Tranquila, hermanita! Es broma. Le dije que estabas bien y que ya no tenías molestias.

—Más te vale, Alejandro —intervino la Sra. Pacheco con un guiño—. Si siguen mortificándola tanto, voy a tener que enseñarle algunos trucos… como correr el rumor de que cada uno de ustedes ya tiene una novia secreta.

—¡No! ¡Eso es un sabotaje! —protestó Mario, el más alarmado—. ¡Apenas estoy logrando que Erika me haga caso!

La risa general llenó el comedor, y el resto de la velada transcurrió entre anécdotas y planes, hasta que llegó la hora de retirarse.

Ya en la quietud de la noche, acurrucada en su cama, Julieta dejó que una sonrisa de felicidad pura iluminara su rostro. Como si rebobinara una película preciada, revivió cada instante: el soporte firme de la mano de Min Ho en su espalda, el eco de su voz susurrándole al oído, la fuerza con la que la cargó en brazos, haciéndola sentirse como una doncella de cuento rescatada por su caballero. Recordó la calidez de su brazo durante el camino a casa, la revelación de que él la había estado observando desde la distancia, y, sobre todo, esa llamada que confirmaba que se preocupaba por ella, que había pensado en ella incluso después de que todo había terminado. Mientras cerraba los ojos, con el corazón aún danzando de emoción, supo con certeza absoluta que, a pesar del moretón, aquel había sido, sin duda, el mejor día de su vida.

Al día siguiente, Julieta fue recibida por un corro de amigas preocupadas que, para su sorpresa, no encontraron rastro del moretón en su rostro. Betty, la autora del fatídico pelotazo, estaba al borde de las lágrimas.

— ¡Julieta! No pude dormir pensando en lo que te hice. ¿Lograrás perdonarme?

—Ni lo menciones, Betty. Fue un accidente —respondió Julieta con una sonrisa tranquilizadora—. Además, con los remedios de mi mamá, es como si nunca hubiera pasado.

En ese momento, una voz serena y conocida se abrió paso entre el bullicio del recreo.

—¿Cómo amaneciste, Julieta? ¿Te sientes mejor?

Las palabras, suaves como un secreto, llegaron antes que él. El grupo de amigas se hizo a un lado como si un ángel hubiera aparecido, conteniendo suspiros y miradas de complicidad. Julieta sintió que una ola de calor dulce le recorría el cuello hasta teñirle las mejillas. Allí estaba él, con el sol de la mañana jugando entre los mechones de su cabello, sus ojos oscuros fijos solo en ella.

—Sí —atinó a decir, con una voz que le salió más temblorosa de lo que esperaba—. Mucho mejor. Gracias, Min Ho.

Una sonrisa mínima, apenas un gesto, curvó sus labios.

—Me da mucho gusto. Que tengas un bonito día.

Inclinó ligeramente la cabeza, un gesto tan elegante y natural que parecía sacado de una película, y continuó su camino, dejando tras de sí una estela de suspiros contenidos. Apenas se alejó lo suficiente, el grupo estalló en un cuchicheo frenético.

—¡Por Dios, es que es demasiado lindo! —susurró una, llevándose las manos al pecho.

—Yo creo que debería pegarme un pelotazo a mí también —añadió otra, con los ojos brillantes—. ¡Que me parta la nariz si quiere!

Betty, recuperando su papel de guardaespaldas oficial, las fulminó con una mirada de fingida severidad.

—¡Señoritas, calma! Ese chico tiene dueña, y está aquí presente —anunció, posando un brazo protector sobre el hombro de Julieta—. Nuestra misión sagrada es proteger este amor incipiente de cualquier intrusa. ¿Verdad, Julieta?

Entre risas ahogadas y promesas de lealtad eterna, el grupo se encaminó hacia su salón, con Julieta en el centro, flotando aún en la burbuja de ese breve encuentro. La verdadera sorpresa de la jornada llegó por la tarde, cuando su hermano David apareció en el comedor con una mochila ajena colgada del hombro y una sonrisa de oreja a oreja.

—Mira a quién traje para hacer la tarea —anunció, como si presentara a un invitado de honor.

Y allí estaba Min Ho, parado en el umbral del comedor de su casa, con una carpeta bajo el brazo y una mirada que buscó la suya de inmediato.

—Hola, Julieta —saludó, y su nombre en sus labios volvió a sonar a caramelo—. Espero no molestar.

—No, claro que no —respondió ella, más rápido de lo que su mente podía procesar—. Pasa, por favor.

Lo que siguió fue una tarde que Julieta guardaría en la memoria como un tesoro. Sentados alrededor de la mesa del comedor, con los apuntes desparramados y el olor a lápiz recién sacado punta en el aire, Julieta descubrió una táctica infalible que jamás había ensayado: cada vez que fruncía el ceño fingiendo confusión, o dejaba escapar un "no entiendo" susurrado, Min Ho se deslizaba a su lado en un instante.

—Mira, es más fácil de lo que parece —explicaba con una paciencia infinita, inclinándose sobre su hombro, señalando los problemas con la punta de su lápiz—. Primero tienes que despejar la incógnita, ¿ves?

Julieta asentía, pero no escuchaba una sola palabra de matemáticas. Solo sentía el calor de su proximidad, el timbre de su voz tan cerca, el aroma limpio de su ropa. Y asentía de nuevo, perdiéndose voluntariamente en cada explicación.

David, observando la escena con los ojos entornados y una sonrisa que amenazaba con volverse carcajada, no pudo evitar menear la cabeza. Él conocía a su hermana mejor que nadie. Sabía que era la estudiante más aplicada del curso, que jamás en su vida había necesitado ayuda con los deberes. Y sin embargo, ahí estaba, fingiendo no entender ecuaciones de segundo de secundaria con una convicción digna de un premio Oscar.

—Oye, Min Ho —intervino David, jugueteando con su lápiz con fingida indiferencia—. Con tus explicaciones, hasta yo estoy entendiendo estos problemas. Y mira que soy un caso perdido. ¿Sabes qué? Creo que deberíamos hacer la tarea juntos todos los días. ¿Qué opinas?

Min Ho levantó la vista de los apuntes y, por un instante brevísimo, sus ojos se encontraron con los de Julieta.

—Por supuesto, David —respondió, con una serenidad que no lograba ocultar del todo la calidez de su tono—. Será un placer.

Cuando su hermano le guiñó un ojo por encima de los cuadernos, Julieta sintió que el corazón se le desbordaba. Le devolvió una sonrisa tan inmensa, tan llena de luz, que iluminó toda la estancia.

Y así, a partir de ese día, se estableció una rutina que Julieta esperaba con la ansiedad con la que se espera un regalo. Con la excusa perfecta de la tarea, la confianza entre ellos floreció como una planta a la que por fin le llega el sol. Ahora, durante los recreos, él se acercaba sin falta a saludarla, a preguntarle cómo iba con los problemas, a desearle un excelente día con esa formalidad suya que resultaba tan entrañable.

Cada breve encuentro era el combustible perfecto para que, a su partida, sus amigas iniciaran un análisis apasionado y detectivesco del "romance del año". Analizaban sus palabras, sus gestos, la duración exacta de su sonrisa.

Mientras ellas especulaban y tejían teorías, Julieta se quedaba flotando en una nube, con una certeza que le latía en el pecho: su mundo, de repente, era mucho más brillante. Y lo mejor de todo era que, esa tarde, cuando sonara el timbre de salida, él volvería a sentarse a su lado en el comedor.

5

La rutina se había vuelto deliciosamente perfecta. Al atardecer, cuando el sol teñía el cielo de tonos naranjas y rosas, Min Ho llegaba puntual a recoger a sus hermanos para jugar baloncesto en la cancha del barrio. Pero antes de que el balón comenzara a botar, mientras Mario y David se alistaban entre risas y prisas, él siempre encontraba unos minutos para buscarla.

Se sentaban en el borde del sofá, o a veces en los escalones de la entrada, y compartían los últimos detalles de sus películas de ciencia-ficción favoritas. Discutían sobre si los extraterrestres serían amigables u hostiles, sobre qué nave espacial era más impresionante, sobre qué harían ellos si un día recibieran una señal del espacio exterior. La complicidad entre ambos crecía con cada conversación, tejiendo un vínculo tan invisible como irrompible.

Un sábado, la rutina dio un giro maravilloso.

Min Ho llegó como siempre, pero había algo diferente en su forma de mirar, en la manera en que sus dedos jugueteaban con las llaves. Venía a buscar a Mario y David para asistir al esperadísimo estreno de la nueva película de extraterrestres, esa de la que habían hablado tantas tardes.

Pero esta vez, con una sonrisa tímida —de esas que parecían existir solo para ella, porque era la única persona en el mundo capaz de arrancársela—, se dirigió directamente a Julieta.

—¿Quieres venir con nosotros? —preguntó, y su voz, normalmente tan serena, tembló apenas un suspiro—. Me gustaría mucho que nos acompañaras.

El mundo se detuvo. Julieta sintió que una bandada de mariposas alzaba el vuelo en su estómago.

—Me encantaría —respondió, y las palabras le salieron más rápido que los latidos de su corazón—. Pero tengo que pedirle permiso a mi mamá.

Min Ho asintió con seriedad, como si estuviera a punto de enfrentar la prueba más importante de su vida.

—Si tú quieres —dijo, enderezando la espalda—, yo puedo pedírselo.

Y ante la mirada atónita y enternecida de Julieta, así lo hizo. Con una formalidad tan encantadora que resultaba casi cómica, Min Ho se presentó ante la Sra. Pacheco y expuso su petición: irían al cine, él estaría a cargo de Julieta todo el tiempo, Mario y David los acompañarían, volverían antes de la cena, y por supuesto, la cuidaría como si fuera lo más valioso del mundo.

La Sra. Pacheco lo escuchó con una sonrisa que crecía por segundos. ¿Cómo podía negarse? Allí estaba, frente a ella, el apuesto joven que ya tenía el corazón de su hija entre sus manos (aunque él aún no lo supiera), acompañado de dos de sus propios hijos como chaperones. Dio su consentimiento con una mezcla de ternura y diversión, viendo a Julieta saltar de alegría contenida.

El cine era un universo de luces tenues y olor a palomitas recién hechas. Entre risas y empujones cariñosos, se acomodaron en las filas centrales, justo donde la pantalla se veía perfecta. El orden quedó establecido como si el destino lo hubiera dispuesto: Mario, Julieta, Min Ho y David. Antes de que las luces se apagaran por completo, susurraron sobre sus expectativas. Hablaron de los héroes que salvarían la galaxia, de los robots con inteligencia artificial, de las criaturas interestelares que pronto cobrarían vida frente a sus ojos. Las palabras de Julieta se entremezclaban con las de Min Ho, creando una melodía íntima en medio del bullicio de la sala. La película comenzó, y con ella, la magia.

Julieta disfrutó cada minuto como nunca antes. No solo por la trama fascinante o los efectos especiales deslumbrantes, sino por la electricidad que recorría su piel cada vez que su brazo rozaba el de Min Ho en la penumbra. Era un juego de roces accidentales que ninguno de los dos parecía querer evitar. En un momento de máximo suspenso, cuando la música anunciaba que algo terrible estaba a punto de ocurrir, Min Ho se inclinó hacia su oído. Su aliento le acarició el cabello, y su voz, baja y cálida como un secreto, murmuró:

—Si te asustas, aquí está mi brazo.

Julieta contuvo el aliento. En la oscuridad, nadie podía ver la sonrisa que le iluminaba el rostro ni el rubor que le teñía las mejillas.

Y por supuesto, a partir de ese instante, en cada escena aterradora —cuando un alienígena saltaba de las sombras, cuando la nave se estrellaba, cuando el peligro acechaba— sus dedos buscaban ese refugio prometido. Se cerraban alrededor de su antebrazo con un gesto rápido y tímido, solo para soltarse un segundo después, como si hubieran cometido una travesura.

Min Ho, inmutable frente a la pantalla, sonreía en la oscuridad. Y Julieta, con el corazón galopando más rápido que cualquier persecución espacial, supo que aquella era la mejor película de su vida.

De regreso a casa, la charla en la sala fue animada. Mario y David, hablando al mismo tiempo, intentaban recrear para Antonio y Alejandro las escenas más épicas. Pero en medio del bullicio, Julieta notó que la mirada de Min Ho no se despegaba de ella. No era la mirada de un amigo de la familia. Era una mirada intensa, dulce, que la hacía sentir como la chica más fascinante del universo.

Ella, valiéndose de una valentía que solo él le inspiraba, le sostuvo la mirada. Fue entonces cuando él le sonrió. No la sonrisa cortés de siempre, sino una sonrisa genuina, íntima, destinada solo a sus ojos. En ese instante perfecto, Julieta sintió con toda certeza que los suspiros que contenían estaban derribando, uno a uno, todos los muros que alguna vez los separaron.

6

Las semanas se deslizaron en meses, y los meses en años, con la suavidad de quien no ve pasar el tiempo porque es demasiado feliz para notarlo.

Antonio, Alejandro y Mario ahora vivían la agitada vida universitaria, con horarios imposibles y exámenes que los mantenían al borde del agotamiento. David y Min Ho, por su parte, cursaban su último año de preparatoria, asomándose ya al abismo de la vida adulta. Y Julieta, con sus quince años a punto de estallar, estaba a punto de cerrar su etapa en la secundaria.

El tiempo había volado, sí, pero había volado sostenido por algo sólido y hermoso: la rutina dorada que los tres habían construido sin proponérselo. Las tardes de estudio en el comedor, con los apuntes desparramados y las explicaciones pacientes de Min Ho. Los fines de semana en el cine, donde la oscuridad protegía las miradas que se buscaban. Las hamburguesas después del partido, los helados compartidos, las risas que sabían a complicidad y a hogar.

A lo largo de esos años, el lenguaje silencioso entre Min Ho y Julieta se había perfeccionado hasta volverse un dialecto propio, un código secreto que solo ellos dos entendían. Las miradas se sostenían un segundo más de lo permitido —ese segundo que marca la diferencia entre lo correcto y lo inevitable—, cargadas de un entendimiento tan profundo que las palabras sobraban, estorbaban, empequeñecían lo que ellos eran capaces de decirse sin abrir la boca.

Sus ojos conversaban por ellos. En la mesa, frente a los libros, en el cine, en la cancha de baloncesto. Sus pupilas transmitían el mensaje dulce y urgente de dos corazones que laten al unísono, aunque el mundo empeñado en ponerles obstáculos.

Un viernes cualquiera, la rutina se rompió.

David y Min Ho tuvieron que asistir a una función de cine para una tarea escolar, dejando a Julieta con una casa en silencio y un nudo de melancolía anudado en el pecho. Sin ellos, la tarde se estiraba vacía, interminable.

Después de terminar sus deberes con una rapidez mecánica, la inquietud la empujó fuera de casa. Caminó sin rumbo hasta que sus pies la llevaron al parque de siempre, el mismo donde habían compartido tantas tardes de risas. Se sentó en un columpio y comenzó a mecerse suavemente, el chirrido rítmico de las cadenas acompañando sus pensamientos.

El cielo comenzaba a teñirse de naranja y rosa, un atardecer precioso que ella apenas veía. Pensaba en Min Ho. En ese lazo invisible que los unía desde aquel pelotazo en la nariz, en las miradas que duraban una eternidad, en las sonrisas que eran solo para ella. Pero también pensaba en lo que nunca se decían. En ese silencio que protegía algo que ninguno se atrevía a nombrar.

Un temor helado, que había estado agazapado en algún rincón de su pecho durante meses, se desperezó y la envolvió por completo: la universidad.

Pronto, muy pronto, Min Ho se marcharía. Conocería a chicas de su edad, chicas maduras, interesantes, que no tendrían que esperar tres años para alcanzarlo. Chicas que podrían sentarse a su lado en la cafetería sin que nadie frunciera el ceño. ¿Se olvidaría entonces de ella? ¿De su romance de miradas furtivas y sonrisas secretas? ¿Quedaría todo reducido a un bonito recuerdo de adolescencia?

El columpio se mecía, lento y triste, como su corazón.

De pronto, una figura se interpuso entre ella y el sol poniente, recortándose contra la luz dorada. Julieta parpadeó, creyendo que sus pensamientos habían conjurado un espejismo.

—¿En qué piensas, Julieta?

La voz de Min Ho, suave y cálida, cortó la quietud del atardecer. Estaba ahí, de pie frente a ella, con las manos en los bolsillos y una expresión que no supo descifrar.

Julieta forcejeó por una sonrisa, intentando disimular el vuelco salvaje de su corazón.

—Disfruto el atardecer —mintió, y señaló el columpio vecino—. Siéntate en ese.

Él la miró intensamente, como si pudiera ver a través de ella, como si supiera que en su pecho se libraba una batalla de emociones. Negó con la cabeza, despacio.

—Anda —insistió ella, con un tono que era casi una súplica—. Dame ese gusto.

Hubo una breve batalla en sus ojos, y finalmente cedió. Se sentó en el columpio de al lado, el metal gimiendo bajo su peso. El movimiento era torpe en él, tan acostumbrado a las canchas de baloncesto, pero aun así resultaba entrañable.

—Ahora admira la belleza de ese rojo atardecer —murmuró Julieta, señalando el horizonte incendiado.

Min Ho no apartó los ojos de ella. Ni siquiera un segundo.

—Solo puedo admirar la belleza que tengo a mi lado.

Las palabras flotaron en el aire, lentas, pesadas, cargadas de un significado tan enorme que Julieta detuvo el columpio con los pies. Su corazón, igualmente, pareció detenerse por completo. El chirrido de las cadenas cesó, y en el silencio solo quedó el latido ensordecedor de sus oídos.

—Julieta.

Ella no se atrevía a mirarlo. Temía que si lo hacía, todo se rompería como un espejismo.

—Mírame, por favor.

Obedeció. Y lo que vio en sus ojos la dejó sin aliento. Había algo allí que nunca antes había visto con tanta claridad: vulnerabilidad, miedo, y un amor tan inmenso que parecía a punto de desbordarse.

—Si fueras un poco más grande —dijo él, y su voz temblaba, se quebraba, luchaba por mantenerse firme—, te pediría que fueras mi novia.

Hizo una pausa, tragó saliva, y sus dedos se aferraron a las cadenas del columpio con fuerza.

—Solo... quería que lo supieras.

El mundo se desvaneció a su alrededor. El parque, los árboles, el atardecer, todo dejó de existir. Solo quedaron ellos dos, flotando en una burbuja de tiempo suspendido.

Julieta no podía hablar. No podía moverse. Solo podía saborear cada sílaba, grabándolas a fuego en su memoria, repitiéndolas una y otra vez en su cabeza: *si fueras un poco más grande, te pediría que fueras mi novia.*

Las palabras dolían y sanaban al mismo tiempo. Eran un "te quiero" y un "no puedo" encerrados en la misma frase.

Tenía catorce años. Aunque en unas semanas cumpliría quince, la frontera seguía ahí, inmutable. Él ya había alcanzado la mayoría de edad, y esos tres años que los separaban —que para ella eran solo un número, un suspiro, una molestia— para él representaban un muro infranqueable, una línea que no estaba dispuesto a cruzar.

Julieta bajó la mirada, sintiendo que los ojos se le humedecían. No de tristeza, no exactamente. Era una emoción tan grande, tan compleja, que no sabía cómo nombrarla. Era amor, era frustración, era esperanza, era espera.

—Min Ho —susurró, y su nombre supo a hogar y a despedida al mismo tiempo.

Él esperó, paciente, como siempre.

—Gracias por decírmelo —continuó ella, levantando la vista—. Porque... yo también. Yo también, desde siempre.

La sonrisa que él le dedicó entonces, temblorosa y luminosa, iluminó más que el atardecer entero.

No hicieron falta más palabras. En el parque vacío, meciéndose suavemente en sus columpios, compartieron un silencio nuevo, distinto. Un silencio que ya no era de secretos, sino de promesas.

Afuera, el sol terminó de esconderse tras el horizonte, tiñendo el cielo de un azul profundo salpicado por las primeras estrellas. Pero dentro de ellos, algo acababa de encenderse para siempre.

Min Ho suspiró, y en su rostro se dibujó una sombra de conflicto, como si algo por dentro lo desgarrara en dos direcciones opuestas. La luz del ocaso modelaba sus facciones, acentuando la gravedad de sus ojos.

—Tal vez fue un error decirte esto —murmuró, y su voz tenía un matiz que a Julieta le heló la sangre—. Pronto David y yo nos graduaremos... y nos iremos a la universidad.

El mundo, que hacía un momento era de colores cálidos y promesas, se tiñó de gris. Un destello de tristeza cruzó los ojos de Julieta al recordar la inminente separación. La universidad. Ese monstruo de mil cabezas que acechaba en el futuro, dispuesto a devorar su felicidad recién estrenada.

Pero entonces, él continuó, y su voz se transformó en un hilo de esperanza que atravesó la oscuridad:

—Y me preguntaba... si aceptarías ser mi acompañante para el baile de graduación.

Las palabras quedaron suspendidas en el aire, temblando como hojas en otoño. Julieta sintió que el corazón le daba un vuelco tan brusco que por un momento temió que se le escapara del pecho.

Y entonces, la sonrisa que iluminó su rostro fue su única y necesaria respuesta. No hizo falta decir nada más, porque esa sonrisa lo decía todo: el sí, el siempre, el "desde aquel pelotazo en la nariz no he querido a nadie más".

—Me encantaría, Min Ho —susurró, y su voz era un poema de felicidad contenida.

—¿En verdad irás conmigo? —preguntó él, y por primera vez en todos los años que llevaba conociéndolo, ella vio una chispa de nerviosa expectativa en sus ojos. El Min Ho sereno, el Min Ho imperturbable, el Min Ho que todo lo controlaba, estaba ahí, frente a ella, temblando como un niño que espera su regalo de cumpleaños.

—Sí —afirmó ella, con una firmeza que la sorprendió a ella misma—. Sí, si tú quieres.

Él tomó su mano con una lentitud reverente, como si sostuviera algo infinitamente frágil y valioso. La envolvió entre las suyas, grandes y cálidas, y Julieta sintió que una calma inmensa la envolvía. Era una promesa tácita, un juramento sellado sin palabras.

—Nada deseo más —dijo él, y sus ojos brillaban en la penumbra—. Julieta, yo...

Pero el destino, caprichoso, decidió interrumpir el momento más hermoso.

—¡Te andaba buscando, Min Ho!

La voz de David llegó como un tornado, rompiendo la burbuja de intimidad. Apareció corriendo, jadeante, con el cabello revuelto y la camiseta sudada.

—¡Ya todos están listos para el partido! ¿Qué haces aquí? Vamos, vamos, que empezamos en diez minutos.

Avergonzada, Julieta retiró su mano con una rapidez que no pudo controlar. Fue un movimiento instintivo, torpe, nacido del miedo a ser descubierta. Pero cuando vio la expresión de Min Ho —una sombra de dolor cruzando sus ojos, como si el gesto le hubiera dolido físicamente— supo que había cometido un error.

Él interpretó aquel movimiento como un rechazo, como si ella no quisiera ser vista a su lado.

—Sí, David —dijo Min Ho, con una seriedad forzada que intentaba ocultar la herida—, pero primero quiero acompañar a tu hermana a casa.

David, que había sido testigo de innumerables tardes de estudio y miradas furtivas, observó la escena con atención. Miró hacia la casa de los Pacheco, que estaba literalmente cruzando la calle, a no más de veinte metros de donde se encontraban. Una sonrisa cómplice, ancha y pícara, se dibujó en su rostro.

—Ah, sí... claro, claro —dijo, asintiendo con exagerada comprensión—. Acompaña a mi hermana a casa, por supuesto. Es un viaje largo y peligroso. Pero no te tardes, ¿eh? Que el partido va a empezar.

Y con una última mirada cargada de doble sentido, David se alejó trotando hacia la cancha.

En cuanto desapareció, la decepción de Julieta fue evidente. Bajó la mirada, mordiéndose el labio, lamentando haber retirado la mano. Pero Min Ho, con una dulzura que le partía el alma, se inclinó ligeramente hacia ella. En su voz había un deje de ansiedad, pero también de esperanza renovada.

—Julieta...

Ella levantó la vista.

—¿Te gustaría ver el partido?

Esta vez, su sonrisa fue inmediata, explosiva, como un amanecer después de la noche más larga. Iluminó cada rincón de su rostro, contagiándose a sus ojos, que brillaron con una luz nueva. Y cuando ella asintió con la cabeza —un movimiento pequeño, casi imperceptible, pero cargado de todo su corazón—, la sonrisa de él se amplió hasta borrar cualquier rastro de dolor, cualquier sombra de duda. En ese instante, no había universidad, no había separación, no había miedo. Solo ellos dos.

Entonces, él le extendió la mano.

Y ella, sin titubear ni un segundo, sin permitirse pensar en qué dirían o en quién los vería, deslizó sus dedos entre los de él. El contacto fue como una chispa que encendió todo su ser: una corriente eléctrica, dulce y cálida, le recorrió el brazo, le trepó por la nuca, le estalló en el pecho como un fuego artificial de mariposas. La mano de Min Ho era grande, firme, y al cerrarse alrededor de la suya, Julieta sintió que por fin, después de tanto tiempo, había encontrado su lugar en el mundo.

Sin soltarle la mano —esta vez con más fuerza, con más determinación, como si nunca más quisiera dejarla ir—, Min Ho la guio hacia las gradas improvisadas que los vecinos habían instalado alrededor de la cancha. Avanzaban entre la gente, y a su paso, las conversaciones se acallaban un instante, las miradas se volvían curiosas, los susurros florecían como secretos a voces.

—Mira, mira... —alcanzó a oír detrás de ella.

—¿Son novios? —susurró alguien.

—Qué bonitos se ven juntos...

Y luego, las sonrisas cómplices, esas que lanzaban las señoras del barrio y los amigos que llevaban años observando aquella historia sin nombre.

Pero a Julieta no le importaba. Nada de eso le importaba.

Iba de la mano de Min Ho, sintiendo el calor de su palma contra la suya, el ritmo de su caminar acompasado al de ella, la seguridad de que, por primera vez, el mundo entero podía ver lo que ellos siempre habían sentido.

Iba de la mano de Min Ho, y eso era lo único que importaba.

Se sentaron entre amigos y familiares que ya comenzaban a animar a los equipos. El gesto no pasó desapercibido para sus hermanos. Antonio, Alejandro y Mario, que calentaban en la banda, se detuvieron un instante al verlos llegar entrelazados. Intercambiaron miradas rápidas, y luego sonrisas disimuladas que intentaban ocultar tras las manos o toses fingidas.

Era inútil seguir fingiendo. Lo que unía a su hermana pequeña y a su mejor amigo era más evidente que nunca, más brillante que las luces de la cancha, más fuerte que cualquier intento de ocultarlo.

Durante el partido, Julieta no vio un juego de baloncesto. Vio una exhibición, un poema en movimiento, una obra de arte hecha de sudor y esfuerzo.

Min Ho se movía con una gracia hipnótica, con una potencia que dejaba sin aliento. Cada salto parecía desafiar la gravedad, cada canasta era un acto de magia, cada pase una declaración de intenciones. Y aunque él no la miraba —no podía, estaba concentrado en el juego—, Julieta sabía que cada movimiento era también para ella.

Al finalizar el partido, con la victoria asegurada y el público coreando su nombre, Min Ho buscó a Julieta entre la multitud. Y cuando sus ojos se encontraron, ella sintió que las piernas le flaqueaban.

Se acercó a él con el corazón desbocado, sorteando abrazos y felicitaciones, hasta quedar frente a frente.

—Eres un jugador extraordinario, Min Ho —dijo, y su voz era un susurro que solo él podía escuchar.

—¿Te gustó? —preguntó él, inclinándose ligeramente, esperanzado, como si la opinión de ella fuera el único trofeo que realmente importaba.

—Sí —respondió ella, y sus ojos brillaban—. Me gustó mucho.

—¡Qué bien, hermanita! —la voz de Alejandro irrumpió como una granada, acompañada de un brazo sudoroso que se posó sobre su hombro—. ¿Y nosotros qué? ¿Somos leña del montón? ¿No merecemos ningún piropo?

Las mejillas de Julieta se encendieron como un semáforo en rojo.

—¡No! —protestó, intentando zafarse de su hermano—. Ustedes también juegan de maravilla, todos juegan de maravilla...

Las risas de los demás hermanos, que se habían acercado para unirse a la broma, llenaron la noche. Pero Min Ho solo tenía ojos para ella, para ese rubor que la teñía de ternura, para esa sonrisa que era solo suya.

El regreso a casa fue una burbuja de felicidad flotando en la noche estrellada. Caminaban en grupo, pero Julieta y Min Ho iban ligeramente rezagados, sus hombros rozándose con cada paso, sus manos tan cerca que casi podían sentir el calor de la piel del otro.

En la puerta de su casa, todos se despidieron de Min Ho con palmadas y bromas. Los hermanos entraron uno a uno, hasta que solo quedaron ellos dos.

Julieta, deliberadamente, fue la última en cruzar el umbral. Antes de hacerlo, se volvió hacia él. La luz del porche bañaba su rostro, creando sombras suaves que acentuaban la intensidad de su mirada.

No hubo palabras. No las necesitaban.

Solo una mirada larga, interminable, cargada de un dulce dolor. Una mirada que decía todo lo que no podían decirse en voz alta: *"quédate", "no quiero irme", "esto que siento me duele y me salva al mismo tiempo", "prométeme que esperarás", "prométeme que esto no termina aquí".*

Separarse, aunque fuera por unas horas, les costaba un pedazo del alma. Y ambos lo sabían. Finalmente, Min Ho sonrió —esa sonrisa tímida que solo ella conocía— y asintió ligeramente, como sellando un pacto invisible.

Julieta cruzó el umbral, y la puerta se cerró tras ella con un clic suave. Pero esa mirada, y la promesa tácita que contenía, fue el sueño que arrulló a Julieta toda la noche. Durmió con una sonrisa en los labios, con las manos sobre el pecho, justo donde el corazón latía al ritmo de un nombre: Min Ho.

6

La mañana del sábado, la cocina se llenó del aroma a pan tostado y del murmullo animado de Julieta. Mientras su madre preparaba el desayuno, ella, con los ojos brillantes, repitió a la perfección cada palabra que Min Ho le había dicho en el parque. Revivió, perdida en su mundo de ensueño, el instante en que la invitó al baile de graduación y, sobre todo, el momento en que su mano envolvió la suya para guiarla a las gradas.

—Y entonces, mamá, me tomó de la mano frente a todos —concluyó, con un suspiro de felicidad.

Ese mismo sábado Julieta cumpliría quince años, y el baile de graduación de Min Ho era la semana siguiente. Con el corazón latiéndole fuerte, no pudo contener la pregunta que le ardía en el pecho:

—Mamá… ¿crees que después de mi cumpleaños, por fin me pedirá que sea su novia?

La Sra. Pacheco dejó la espátula, se secó las manos y tomó las de su hija entre las suyas.

—Cariño, sé que es lo que más anhelas —dijo con una voz tan cálida como el café de la mañana—. Pero Min Ho es un chico muy formal. Yo creo que querrá esperar a que entres a la preparatoria. Mi consejo es que respires hondo, que te mantengas serena y, sobre todo, que disfrutes de cada momento que está por llegar. ¿Crees poder hacerlo?

—Sí, mamá, lo haré —prometió Julieta, con una sonrisa que delataba su emoción—. Pero te confieso que siento un ejército de mariposas revoloteando en mi estómago.

—Es completamente normal. Es la emoción de lo que está por venir.

—¡Pues ya somos dos! —anunció David, entrando en la cocina—. Yo también estoy nervioso y emocionado porque ayer invité a tu amiga Betty al baile.

—Me parece estupendo —respondió su madre, guiñándole un ojo—. A ver si con la influencia de una chica tan centrada, se te quita esa manía de jugar al baloncesto hasta en sueños.

—Eso va a estar difícil —se rio David—, porque ella es la capitana del equipo de voleibol. Por cierto, Julieta, ¿ya la invitaste a tu fiesta?

—Por supuesto, a ella y a todas mis amigas. Y como Betty es mi mejor amiga, te portas bien con ella, ¿entendido? —advirtió Julieta, señalándolo con un dedo.

—Claro que sí —cedió David, alzando las manos en son de paz—. Pero tendrás que darme algunos consejos. Quiero que tanto la fiesta como la graduación le parezcan perfectas.

Mientras discutían los gustos de Betty, la familia se reunió para desayunar. Y esa mañana, entre café, jugo y hotcakes, el único tema de conversación fue la fiesta de quince años de Julieta y el baile que prometía cambiar todo.

El tan anhelado día por fin llegó. Julieta cumplió quince años y, entre los abrazos y regalos de su familia, una quieta felicidad se instaló en su pecho. Cuando por un momento se quedó a solas en su habitación, se acercó a la ventana. Una sonrisa de asombro se dibujó en sus labios al contemplar el jardín transformado en un cuento de hadas, con las mesas adornadas por delicados arreglos de rosas rosas que perfumaban el aire crepuscular.

Las horas volaron y, casi sin darse cuenta, la noche se tiñó de estrellas y el murmullo de los invitados empezó a llenar la casa. Mientras sus padres y hermanos mayores recibían a los amigos con su calidez habitual, un suave hormigueo de anticipación recorría la espalda de Julieta.

Y entonces, hizo su entrada. Un silencio admirativo, profundo y reverente, se apoderó del salón. Todas las conversaciones se acallaron, las risas se congelaron en los labios, y hasta la música pareció menguar un instante, como si el mundo entero necesitara detenerse para contemplarla.

Allí, donde antes estaba la niña de trenzas y rodillas raspadas, la pequeña que correteaba tras sus hermanos y sus amigos, ahora había una joven de belleza tan deslumbrante que dolía mirarla. Julieta lucía un vestido rosa, del color de los atardeceres que habían compartido en el parque. Ceñido a la cintura, con delgados tirantes que acentuaban la delicadeza de sus hombros y el nacimiento de su cuello. La tela caía con suavidad hasta el suelo, ondeando con cada paso como si estuviera hecha de nubes. Sus zapatillas de tacón —las primeras de su vida— le daban un porte elegante, inseguro aún, pero por eso mismo más entrañable.

Su cabello rojo, ese fuego que la caracterizaba desde pequeña, ahora caía un poco más corto sobre sus hombros, formando ondas suaves que enmarcaban su rostro como una obra de arte. Y en ese rostro, el maquillaje sutil —apenas un poco de brillo en los párpados, un toque de color en las mejillas— no ocultaba su esencia, sino que la realzaba: el verde profundo de sus ojos parecía un bosque encantado, y el rosa natural de sus labios era el mismo de siempre, solo que ahora, por primera vez, todos podían verlo con claridad.

Era tan fascinante, tan irrealmente hermosa, que una fila de jóvenes se formó de inmediato para felicitarla y bailar con ella. Los chicos del barrio, los compañeros de la escuela, los amigos de sus hermanos... todos querían un pedazo de su atención, un momento a su lado.

Entre todos ellos, solo uno permanecía inmóvil. Min Ho estaba apoyado contra la pared más alejada del salón, con los brazos cruzados sobre el pecho y una expresión que intentaba ser serena, pero fracasaba estrepitosamente. Sus ojos, intensos y oscuros, no se separaban de ella ni un instante. La recorrían de arriba abajo, despacio, como si quisieran grabar cada detalle en su memoria. Era una mirada que acariciaba, que envolvía, que quemaba a la distancia. Un imán invisible del que Julieta era completamente consciente, aunque estuviera rodeada de otros.

Cada vez que giraba en brazos de un acompañante, cada vez que reía por un cumplido, cada vez que sus ojos barrían el salón, buscaban una sola cosa: a él. Y allí estaba siempre, quieto, silencioso, devorándola con la mirada.

La fiesta fluyó entre risas, música y el tintineo de las copas. Julieta bailó con su padre, que la sostuvo como si aún tuviera cinco años y temiera que se cayera. Bailó con cada uno de sus hermanos —Antonio, Alejandro, Mario, David—, que la hicieron girar entre bromas y gestos de orgullo mal disimulado. Bailó con los chicos que esperaban su turno pacientemente, sonriendo, diciendo las palabras correctas.

Pero su corazón, ese órgano terco y rebelde, latía esperando un solo baile. Uno solo. Y entonces, después de varias canciones que le parecieron eternas, lo vio.

Min Ho se separó por fin de la pared. Enderezó la espalda, despegó los brazos de su pecho, y con una determinación que se reflejaba en cada uno de sus pasos, comenzó a cruzar el salón. La gente se apartaba a su paso sin que él lo pidiera, como si el aire mismo supiera que no debía interponerse.

Llegó hasta ella sin desviar la mirada ni un segundo. Sin mediar palabra —no hacían falta, sus ojos lo decían todo—, tomó su mano con una suavidad reverente y la guio hacia la pista de baile.

La música pareció abrazarlos al llegar.

—Feliz cumpleaños, Julieta —murmuró, y su voz fue un susurro íntimo en medio del bullicio, un secreto compartido solo con ella.

Julieta sintió que las piernas le temblaban, pero esta vez no era por los tacones.

—Creí que no querías bailar conmigo —logró reprocharle, pero su tono fue tan suave, tan cargado de anhelo, que sonó más a caricia que a queja.

Min Ho la miró como si ella fuera la única persona en el universo. Como si el salón, la música, los invitados, todo hubiera desaparecido.

—Es que estás tan hermosa —confesó, y su voz se quebró apenas en la última palabra— que no podía hacer otra cosa más que mirarte. Me quedé paralizado, Julieta. Me quedé sin aire. No podía moverme, no podía pensar, no podía hacer nada que no fuera contemplarte.

Hizo una pausa, y sus dedos se entrelazaron con más fuerza con los de ella.

—Pero ahora, prepárate —dijo, y una sonrisa lenta, peligrosamente dulce, curvó sus labios—, porque no pienso soltarte en lo que queda de noche. Solo bailarás conmigo el resto de la fiesta... ¿verdad?

Esa era la pregunta que había estado esperando desde que su madre le anunció que tendría una fiesta de quince años. Esa era la respuesta que llevaba años ensayando en silencio.

—Sí, Min Ho —respondió, y una sonrisa de felicidad pura, inmensa, incontenible, iluminó su rostro como un amanecer—. Solo contigo.

Y así fue. Canción tras canción, sus manos no se separaron ni un instante. Cuando una melodía terminaba, él la retenía con suavidad, entrelazando sus dedos, esperando juntos a que comenzara la siguiente. No hablaban —no hacía falta—, solo se miraban, sonriendo como dos cómplices que han logrado el mayor de los robos: robarse un futuro juntos.

A su alrededor, la fiesta continuaba. La gente bailaba, reía, brindaba. Sus hermanos los observaban con sonrisas disimuladas. Su madre, desde una esquina, se llevaba un pañuelo a los ojos. Pero ellos no veían nada de eso.

Habían creado su propio mundo dentro de la fiesta. Un universo de dos, una burbuja de luz donde solo existían sus sonrisas, el calor de sus manos entrelazadas, y la promesa de un futuro que, por fin, después de tanto esperar, parecía estar comenzando.

7

Al día siguiente de la fiesta, Julieta despertó con la calma que deja la felicidad plena. Después de arreglarse, se dedicó a la ceremonia de abrir sus regalos. Con una estrategia deliberada, dejó para el final el paquete de Min Ho. Al desenvolverlo, contuvo la respiración: dentro yacía una pulsera de oro florentino, tan delgada y exquisita que parecía tejida con hilos de luz. Sin duda, era el regalo más hermoso y de mejor gusto. La contempló durante largos minutos sobre su muñeca antes de guardarla, con su estuche de terciopelo, en el alhajero de plata que le había regalado David.

Como la joven romántica que era, no solo quiso atesorar la joya, sino el momento completo. Dobló con cuidado el papel de regalo y enrolló el listón plateado, guardándolos en su caja de recuerdos. Allí descansarían junto a los boletos de cine que eran testigos mudos de cada película que había visto con el chico de sus sueños.

El lunes, en una salida especial con su madre, recorrieron las tiendas hasta encontrar *el vestido*: uno que hizo que ambas sonrieran al instante. Cuando Julieta se lo probó y se vio en el espejo, no reconoció a la niña de antes. La reflejada era una señorita, con una silueta elegante y una promesa de futuro en la mirada. Entonces, la pregunta de Min Ho resonó en su mente con nueva fuerza: *"Si fueras un poco más grande..."*. Ahora, mirándose así, sentía que esa distancia se acortaba.

El miércoles, las familias Pacheco y Park celebraron juntas en la ceremonia de graduación. El orgullo llenó sus corazones al ver a David y a Min Ho recibir sus diplomas, este último con el honor adicional del primer lugar de su generación.

Los días previos al baile se arrastraron para Julieta, pero por fin llegó la noche. Su madre la ayudó a vestirse, y cuando el último detalle estuvo en su lugar, Julieta se acercó al alhajero. Sacó la pulsera de oro y se la colocó en la muñeca, donde brilló como un talismán personal.

—Ay, Julieta —susurró su madre, con la voz cargada de emoción—. Pareces la princesa de un cuento de hadas.

Una sonrisa de nerviosa ilusión iluminó su rostro. En ese preciso instante, el timbre de la puerta sonó. Su corazón dio un vuelco salvaje, pero entonces recordó el consejo de su madre. Respiró hondo, una, dos, tres veces, buscando la serenidad. Con la pulsera de Min Ho como un recordatorio de su coraje, bajó la escalera hacia la sala, lista para que su sueño continuara.

Al descender el último escalón, a Julieta se le cortó la respiración. Min Ho estaba apostado en el recibidor como si hubiera nacido para estar allí, como si el universo entero hubiera conspirado para crear aquella imagen perfecta. Era la viva estampa de la elegancia: un smoking impecable de color negro azabache ceñía sus hombros con una precisión que parecía hecha a medida por los mismos dioses. Su cabello, normalmente rebelde, estaba pulcramente peinado hacia atrás, dejando al descubierto la línea firme de su mandíbula y la profundidad de sus ojos oscuros. Y en sus manos, sostenida con una reverencia casi religiosa, una caja transparente guardaba una orquídea blanca como la luna.

Min Ho, a su vez, la miró y el mundo se detuvo. El vestido azul de gasa que Julieta lucía parecía haber sido tejido con jirones de cielo nocturno. Flotaba a su alrededor con cada movimiento, creando una estela de sueños. El escote sutil dejaba ver la delicadeza de sus hombros, y su cabello rojo caía en ondas suaves que enmarcaban un rostro iluminado por la emoción. Una oleada de orgullo, tan inmensa que amenazaba con desbordarse, inundó el pecho de Min Ho al pensar que ella había elegido ser su acompañante. Que entre todos los chicos que la miraban, todas las opciones del mundo, ella había dicho sí cuando él la invitó.

Mientras el señor Pacheco daba las últimas recomendaciones a David sobre la velocidad y la moderación —"ve despacio, no corras, y cuídala como si fuera un tesoro, que lo es"—, Min Ho se acercó a Julieta. Con dedos que casi temblaban de solemnidad, abrió la caja y extrajo la orquídea. Con una lentitud reverente, ciñó su delicadeza a la muñeca izquierda de Julieta. El blanco de la flor con su piel, creaba una imagen de una belleza casi dolorosa.

—Hoy estás... —comenzó, y su voz se quebró. Tuvo que tragar saliva, buscar las palabras exactas—. Simplemente radiante. No hay otra palabra. Radiante.

Julieta sintió que el corazón se le desbocaba. Levantó la vista y sus miradas se encontraron, creando un puente invisible por el que viajaban años de complicidad, de tardes de estudio, de miradas furtivas en el parque, de promesas susurradas en columpios.

El mundo se redujo a ellos dos. Fue la voz de la señora Pacheco, dulce y llena de emoción contenida, la que los trajo de vuelta a la realidad.

—¡Un momento, por favor! Esto hay que inmortalizarlo. No me perdonaría no tener un recuerdo de este instante.

El clic de la cámara capturó no solo una imagen, sino un sentimiento. La señora Pacheco, tras tomar varias fotos desde distintos ángulos, sintió una certeza profunda, de esas que no necesitan explicación: estaba presenciando el inicio de un amor que estaba destinado a perdurar. Lo veía en la forma en que Min Ho miraba a su hija, en la manera en que Julieta se iluminaba en su presencia, en esa burbuja de intimidad que los envolvía incluso en medio del bullicio familiar.

Después de fotografiar a David y a los tres juntos —el hermano mayor posando con una sonrisa de orgullo y complicidad—, los jóvenes partieron hacia el automóvil. Hicieron una breve parada para recoger a Betty, y cuando la vieron aparecer, David se quedó, por primera vez en su vida, completamente sin palabras.

Betty llevaba un vestido verde, y su sonrisa, al ver la expresión de David, fue la de quien acaba de ganar una batalla sin disparar una sola bala. Apenas llegaron al salón de eventos, encontraron una mesa y se dirigieron casi de inmediato a la pista de baile. La fiesta comenzaba, y la orquesta tejía lentas y románticas melodías que parecían haber sido escritas siglos atrás pensando exclusivamente en ellos.

Min Ho rodeó su cintura con una suavidad infinita, como si temiera romperla. Ella posó una mano en su hombro, y al mecerse al compás de la música, sintió que flotaba. La voz de él, cuando llegó, fue un susurro cálido cerca de su oído, un secreto que solo ella merecía escuchar.

—Hoy me siento profundamente feliz, Julieta.

Ella sonrió, apoyando la mejilla apenas contra su pecho.

—Debes estarlo —respondió, levantando la vista hacia él—. Graduarte con excelencia no es algo que cualquiera consiga. Es un gran logro, Min Ho. Debes estar orgulloso.

Pero él negó lentamente con la cabeza, y en sus ojos oscuros bailaban las luces de la fiesta.

—No es por la graduación —aclaró, y su voz se volvió más grave, más íntima, como si las palabras fueran demasiado grandes para decirlas en voz alta—. Es porque estás en mis brazos de nuevo. Porque después de tanto esperar, después de tantas tardes deseando este momento, por fin puedo tenerte así, cerca, sin que nada ni nadie nos interrumpa.

Hizo una pausa, y sus dedos se tensaron apenas en la cintura de ella.

—Y te confieso algo, Julieta. Desearía que te quedaras aquí para siempre.

Perdida en el mar de sus ojos, Julieta sintió que el mundo exterior se desvanecía por completo. Las risas, la música, las luces, todo se convirtió en un rumor lejano, en estática insignificante. Solo existía él. Solo existía ese momento.

—Eso es todo lo que yo he soñado, Min Ho —susurró, y su voz temblaba con la verdad de cada sílaba—. Desde aquella vez en el columpio, desde aquel pelotazo en la nariz, desde siempre. Esto. Tú. Nosotros.

Al escuchar su respuesta, una emoción indomable recorrió el cuerpo de Min Ho. Algo se rompió dentro de él, algo que había estado conteniendo durante años. La atrajo suavemente hacia su pecho, sintiendo el latido acelerado de ella contra el suyo. Se inclinó lentamente, dándole tiempo para apartarse si quería, para detenerlo si no era el momento.

Pero ella no se movió. Solo esperó, con los ojos cerrados y el corazón en vilo. Entonces, él depositó un beso tan tierno como una promesa en su mejilla, rozando apenas la comisura de sus labios. Fue un roce fugaz, un instante, una caricia de plumas. Pero contuvo en él todos los años de espera, todas las miradas robadas, todas las palabras no dichas.

Al sentir el contacto, un suspiro escapó de los labios de Julieta. Largo, tembloroso, liberador. Y cuando abrió los ojos, una sonrisa de felicidad pura, inmensa, incontenible, iluminó su rostro como un amanecer. Min Ho la miró, embelesado.

—Tu sonrisa —confesó, con una voz que apenas era un hilo— es lo que más me fascina en este mundo. Si pudiera, construiría una casa solo para guardarla y verla todos los días.

Ella rio, bajito, apoyando la frente contra su pecho para esconder el rubor.

Y así siguieron bailando. Canción tras canción, sin prisa, sin querer que la noche terminara nunca. Sus movimientos eran un diálogo silencioso, un lenguaje que solo ellos entendían. La mano de Min Ho en la cintura de Julieta, firme y protectora. La otra sosteniendo su mano delicada en el aire, como si sostuviera algo infinitamente frágil. Los dedos de ella, sobre su hombro, dibujaban suaves e inconscientes círculos, trazando mapas secretos sobre la tela de su smoking.

Se contemplaban de cerca, tan cerca que Julieta podía contar sus pestañas una por una. Tan cerca que podía verse reflejada en sus pupilas, pequeña y radiante, flotando en ese universo de dos. Las luces de la fiesta bailaban en sus ojos oscuros, creando destellos que parecían estrellas.

Una sonrisa tímida y permanente jugaba en sus labios, un secreto compartido que el bullicio de la fiesta no podía alcanzar. Porque ellos estaban en otra parte. Estaban en el lugar al que solo se llega después de años de espera, de miradas furtivas, de promesas susurradas en columpios.

Estaban, por fin, en el principio de todo. Esa burbuja de intimidad, ese universo de dos que habían construido en medio de la pista, estalló en mil pedazos de cristal cuando la música cambió.

El ritmo lento y romántico se desvaneció para dar paso a una explosión de sonidos modernos y alegres, una melodía contagiosa que hizo que el salón entero vibrara con energía nueva. Las luces se volvieron más vivas, más coloridas, y un murmullo de emoción recorrió a los invitados.

Min Ho y Julieta se miraron, y entonces, sin poder evitarlo, rompieron a reír. Una risa contagiosa, liberadora, de esas que nacen del fondo del alma cuando la felicidad es tan grande que ya no cabe dentro.

—¿Bailamos? —preguntó él, con una sonrisa que le iluminaba el rostro.

—Bailamos —respondió ella, entregándole la mano.

En un instante, se unieron a David y Betty, que ya se movían al ritmo de la música con una energía desbordante. Los cuatro formaron un cuarteto de felicidad deslumbrada, una pequeña isla de alegría en medio del bullicio. Sus cuerpos se movían al compás, sin vergüenza, sin miedos, sin nada más que las ganas de disfrutar el momento.

David hacía reír a Betty con sus pasos torpes y exagerados. Betty le seguía el juego, girando y riendo con una libertad que solo se tiene cuando se está entre personas que amas. Y Julieta, mientras seguía el ritmo contagioso frente a Min Ho, sintió una certeza que le calentaba el alma desde adentro, como un fuego dulce y eterno.

Junto a él, la vida no solo era emocionante. Cada día que pasaba a su lado era mejor, más brillante y más verdadero que el anterior. Como si los colores del mundo se hubieran intensificado desde que él existía en su vida. Como si antes todo hubiera sido en blanco y negro, y ahora, por fin, hubiera descubierto el significado real de la palabra "color".

La fiesta se prolongó hasta la madrugada, cuando el cielo comenzaba a clarear y las estrellas se despedían para dar paso al nuevo día. Los coches se fueron vaciando el aparcamiento, y los últimos invitados se despidieron con abrazos y promesas de repetir.

De regreso, después de dejar a Betty en su casa —no sin antes ver a David bajar del coche para acompañarla hasta la puerta, en un gesto de caballerosidad que a Julieta le pareció enternecedor—, llegaron por fin a la puerta de los Pacheco.

El motor se apagó, y el silencio de la madrugada los envolvió. David, medio dormido en el asiento del conductor, buscaba las llaves entre bostezos, murmurando algo sobre lo cansado que estaba.

Entonces, en ese instante de penumbra y quietud, Min Ho tomó la mano de Julieta. Con una lentitud reverente, como si sostuviera algo sagrado, la elevó hasta sus labios. Y allí, en la piel suave de su dorso, selló un beso suave, cálido, cargado de una intención tan profunda que no necesitaba palabras para explicarse. Julieta sintió que el corazón se le detenía y se le aceleraba al mismo tiempo, víctima de una paradoja imposible.

—Estarás en mis sueños —murmuró Min Ho, con una voz que era apenas un hilo en la oscuridad, pero que contenía el peso de una promesa eterna.

Ella lo miró, y en sus ojos verdes brillaba la misma verdad que en los de él.

—Y tú en los míos, Min Ho —respondió, sintiendo que la felicidad le llenaba el pecho hasta casi dolerle.

Sus miradas se sostuvieron un instante más, ese segundo interminable que siempre los había caracterizado, hasta que David, ajeno a todo, abrió la puerta del coche con un ruido metálico y bostezó ruidosamente.

—Vamos, dormilones —dijo sin mirarlos—, que ya es de día y mi cama me llama.

Julieta soltó la mano de Min Ho con una sonrisa, y los tres caminaron hacia la puerta. En el umbral, antes de entrar, ella se volvió una última vez. Él seguía allí, de pie junto al coche, mirándola como si quisiera llevarse esa imagen para siempre. Y entonces, la puerta se cerró.

Esa noche, el sueño se negó a llegar. Julieta permaneció despierta en su cama, con la mirada perdida en el techo y una sonrisa que se negaba a abandonar sus labios. Las horas pasaban lentas, pero a ella no le importaba. No quería dormir. No quería perderse ni un segundo de este estado de gracia en el que flotaba.

Repasó una y otra vez cada instante de la noche, como quien repasa un tesoro para asegurarse de que sigue intacto. La presión de su mano en su cintura, firme y protectora. El susurro de su voz cerca de su oído, confesándole que deseaba tenerla así para siempre. El beso en su mejilla, tan tierno que aún podía sentirlo arder sobre su piel. Y luego, en el coche, aquel beso en su mano, sellado con una promesa que resonaba en su interior como las notas de la melodía más hermosa que jamás existió.

—*Estarás en mis sueños* —repitió en voz alta, saboreando cada palabra.

Y supo, con una certeza que no necesitaba pruebas, que él también estaría despierto en alguna parte, mirando el mismo techo, repasando los mismos recuerdos, esperando el mismo sueño.

Porque a veces, el amor no necesita dormir para soñar. A veces, el amor es el sueño mismo.

8

El baile de graduación fue mágico, una noche grabada a fuego en el corazón de Julieta, que atesoraría en lo más profundo de su alma para siempre. Pero lo mejor de todo fue descubrir que la magia no terminó cuando las luces se apagaron. La magia, descubrió, había llegado para quedarse.

A partir de entonces, todas las tardes adquirieron un nuevo ritual. Un ritual sencillo, casi insignificante para cualquiera que lo observara desde fuera, pero que para ella contenía el universo entero.

Min Ho pasaba por ella puntualmente, cuando el sol comenzaba su descenso y el calor del día daba paso a la brisa suave de la tarde. Juntos recorrían el corto camino hacia los columpios del parque, ese lugar que ya era suyo, que había sido testigo de su primera confesión y que ahora los acogía cada día como un viejo cómplice.

Se sentaban en los columpios —él en uno, ella en el otro— y allí, meciéndose suavemente al compás de sus palabras, hablaban de todo y de nada. De las clases, de las películas que querían ver, de los sueños que comenzaban a tejer juntos. A veces simplemente permanecían en silencio, disfrutando la compañía del otro, construyendo un mundo ajeno al bullicio de la ciudad, una burbuja de paz donde solo existían ellos y el chirrido rítmico de las cadenas.

Hasta que la llegada de sus hermanos, siempre ruidosa y alborotada, anunciaba que era hora del partido de baloncesto. Las voces de Mario y David rompiendo la quietud, las bromas, los balones botando contra el asfalto.

Entonces, Min Ho se levantaba y le ofrecía la mano. Ella la tomaba, sintiendo esa corriente eléctrica que aún, después de tanto tiempo, le recorría el brazo cada vez que lo tocaba. Y mientras la guiaba hacia las gradas, en un gesto que parecía casual pero que ella sabía perfectamente ensayado, él deslizaba en su palma un pequeño sobre.

Un sobre diminuto, de esos que se usan para guardar secretos.

Dentro, siempre aguardaba un mensaje dulce, una palabra escrita con su puño y letra que le alegraba la tarde y le calentaba el corazón el resto del día.

A veces era una frase corta, como un susurro atrapado en el papel: *"Hoy tus ojos tienen el color del cielo que tanto me gusta"*. Otras veces era más elaborado, una pequeña declaración: *"Cuando te balanceas en el columpio, siento que el mundo entero debería detenerse a mirarte"*. Y en las ocasiones más especiales, solo una palabra: *"Siempre"*.

Cada nota era un susurro en papel, una confesión diminuta que Julieta guardaba con devoción casi religiosa. Esos dobleces perfectos —Min Ho doblaba el papel con una precisión que rozaba lo obsesivo— y las letras de su puño y letra se convirtieron en su tesoro más valioso.

En su habitación, en el cajón secreto de su mesilla de noche, comenzó a acumularse un archivo clandestino de amor. Un sobre tras otro, fechados mentalmente por el recuerdo de la tarde en que los recibió. A veces, por las noches, cuando la ansiedad o la nostalgia la visitaban, abría ese cajón y los desplegaba sobre la cama. Leerlos en orden, repasar cada palabra, era como revivir cada atardecer, cada mirada, cada roce de manos.

Era su mapa del tesoro. La prueba irrefutable de que el amor no necesitaba grandes gestos para ser eterno. A veces, bastaba con un columpio, un atardecer y un pequeño sobre de papel.

Sin embargo, dos semanas después de iniciadas las vacaciones de verano, la rutina se rompió. Durante dos días enteros, no hubo noticias de Min Ho. Una preocupación voraz se apoderó de Julieta, imaginándolo enfermo o herido. Finalmente, decidió buscar a su madre para desahogar su angustia.

La encontró en la sala, conversando en voz baja con su padre y sus hermanos. El ambiente era pesado, y los rostros de todos estaban ensombrecidos por una tristeza que resultaba alarmante.

—¿Qué pasa? —preguntó Julieta, su voz un hilo de ansiedad—. ¿Por qué están todos tan tristes?

Las miradas se volvieron hacia ella, cargadas de una lástima que le heló la sangre. Fue su padre quien, con voz grave, pronunció la sentencia:

—Los Park regresarán a Corea del Sur. Y al parecer, será para siempre.

Las palabras impactaron en Julieta como un golpe físico. Palideció al instante, sintiendo cómo su corazón estallaba en mil pedazos que se esparcían en el aire. El suelo pareció ceder bajo sus pies, sumergiéndola en un abismo de vértigo donde el pensamiento era imposible. Sin poder contenerse, un llanto desgarrador brotó de lo más hondo de su ser. Al verla deshecha, sus hermanos se levantaron al unísono y la envolvieron en un abrazo colectivo, un muro de cariño frente a una pérdida que las palabras no podían consolar.

Nunca lo mencionaron, pero todos lo sabían: desde que era una niña, su hermana guardaba sentimientos por Min Ho, un cariño que con los años no solo había crecido, sino que se había arraigado hondo, transformándose en un amor silencioso e inquebrantable.

—¿Por qué? —sollozó Julieta, con la voz quebrada por el llanto—. ¿Por qué tienen que irse?

—El padre del Sr. Park está muy enfermo —explicó Antonio con suavidad—. Él debe regresar de inmediato para hacerse cargo de la empresa familiar.

Los ojos de los señores Pacheco también se anegaron de lágrimas al ver a su hija destrozada. Un dolor impotente les recorrió el pecho, sabiendo que no había consuelo posible para una herida así. Por eso, no intentaron detener su llanto; comprendían que era el único desahogo ante un dolor tan profundo.

Sus hermanos la guiaron hasta el sofá, donde se desplomó junto a su madre. Después de lo que pareció una eternidad de lágrimas, Julieta logró articular una pregunta entre hipos:

—¿Cuándo… cuándo se van?

—Mañana… al mediodía —respondió David, con una tristeza que reflejaba la de ella.

Mañana. La palabra resonó en su interior como un campanazo final. No quedaba tiempo. Lo perdería para siempre. No habría más tardes en los columpios, ni más calor de sus brazos, ni más susurros dulces, ni aquellos finos recaditos que atesoraba como reliquias. Ante la crudeza de la despedida inminente, un nuevo torrente de llanto, aún más desgarrador, se apoderó de ella.

Conmovidos hasta lo más hondo, sus hermanos no se movieron de su lado. Permanecieron allí, formando un círculo de apoyo silencioso, hasta que el agotamiento venció a Julieta y se durmió, agotada, sobre el hombro de su madre. Entonces, con movimientos cuidadosos, la cubrieron con una manta y se acomodaron en los sillones circundantes, velando su sueño y listos para acompañarla en el dolor que, sabían, al despertar, estaría intacto.

Amaneció con la amarga certeza de la partida. Pronto, un camión de mudanza de una aérea de prestigio se instaló frente a la casa de los Park. Con guantes blancos y movimientos precisos, el personal comenzó a embalar cuadros y esculturas, como si estuvieran envasando los recuerdos mismos de la familia.

Cerca del mediodía, cuando el sol alcanzaba su punto más alto y la luz lo inundaba todo con una crudeza implacable, los Park cruzaron la calle por última vez. La calle que durante años había sido solo un puente de unos pocos metros, el camino que Min Ho había recorrido incontables veces para llegar a ella. Ahora era una frontera, un abismo que estaba a punto de volverse infinito.

Julieta los vio llegar desde la ventana de su habitación, y sintió que las piernas le fallaban. No pudo bajar. No pudo moverse. El dolor era un animal enorme que le aplastaba el pecho y le robaba el aire. Así que cuando Min Ho cruzó el umbral de la casa Pacheco, su mirada buscó ansiosa a Julieta y no la encontró.

David, con un gesto discreto y cargado de comprensión —esa clase de entendimiento que solo existe entre quienes han crecido juntos y se conocen sin necesidad de palabras—, señaló hacia el jardín trasero.

Min Ho no lo pensó dos veces. Salió al jardín y la vio. Estaba en la banca más alejada, la que quedaba oculta tras los rosales, la misma donde tantas tardes se habían sentado a hablar de sueños y películas. Pero la imagen que encontró le partió el corazón en mil pedazos.

Julieta estaba pálida, terriblemente pálida, como si la sangre hubiera huido de su rostro para esconderse en algún lugar donde no doliera tanto. Sus ojos, esos ojos verdes que él amaba, estaban hinchados y enrojecidos, rodeados de ojeras que delataban una noche en vela. Tenía el cabello revuelto, los labios apretados en una línea que intentaba contener el temblor. Un aire de fragilidad tan inmensa lo envolvía todo que Min Ho sintió que él también se rompía solo de mirarla.

Al verlo, ella se levantó como un resorte impulsado por el dolor. Corrió hacia él —tres pasos, solo tres, pero que contenían una vida entera— y se abrazaron con la fuerza desesperada de quien intenta detener lo inevitable con la pura voluntad de sus brazos.

No hubo palabras. No podía haberlas. Las palabras eran demasiado pequeñas, demasiado pobres para contener todo lo que sentían. Solo existió el sonido de su respiración entrecortada, los sollozos que ella intentaba ahogar contra su pecho, el latido acelerado de dos corazones que se negaban a aceptar que pronto latirían en ciudades distintas.

Se aferraban el uno al otro como si pudieran fundirse en una sola persona, como si el calor de sus cuerpos pudiera construir un escudo contra el futuro. Los dedos de Julieta se clavaban en la tela de su camisa. Las manos de Min Ho recorrían su espalda una y otra vez, intentando memorizar cada curva, cada textura, cada temblor.

—Min Ho... —logró susurrar ella, pero su voz se quebró en un sollozo.

—Shhh —respondió él, apoyando la mejilla sobre su cabello—. Shhh, Julieta.

Pero ninguno de los dos podía calmar al otro. Porque no había consuelo posible.

Hasta que una voz, fría e inevitable como el destino, lo llamó desde la casa.

—Min Ho, hijo, tenemos que irnos.

El mundo se detuvo.

Se separaron lentamente, con una lentitud cruel, como si cada centímetro de distancia fuera una herida nueva. Se miraron a los ojos, y en esa mirada dijeron todo lo que las palabras no podían: *te amo, te amaré, no quiero irme, no quieres que te deje, prométeme que esperarás, prométeme que volverás.*

Ya no hicieron falta las palabras. Min Ho inclinó el rostro con una lentitud reverente, dándole tiempo, dándole la oportunidad de apartarse si quería. Pero ella no se movió. Esperó, con los ojos abiertos, con el corazón en vilo, con el alma desnuda. Y entonces, sus labios encontraron los de ella.

Fue un beso que era puro sentimiento. Un beso que contenía todas las preguntas que nunca se hicieron y todas las respuestas que nunca encontraron. Tierno como un secreto susurrado en la oscuridad. Urgente como un suspiro robado al tiempo. Húmedo de lágrimas que resbalaban por ambas mejillas y se mezclaban en el punto donde sus pieles se tocaban.

Fue un beso que no prometía un "para siempre" fácil y vacío. Era un beso que gritaba, en silencio, un "siempre te amé" que resonaba en cada fibra de su ser. El beso que habían soñado mil veces en las tardes de columpios, en las miradas furtivas, en los sobres de papel doblados con precisión.

Y ahora, eterno y agonizante al mismo tiempo, quedó grabado a fuego en su memoria como un primer y último latido.

Cuando sus labios se separaron —demasiado pronto, siempre demasiado pronto—, él deslizó los suyos hacia su oído. Su aliento cálido le acarició la piel, y su voz, cargada con toda el alma que llevaba dentro, susurró en un idioma que ella no entendía:

—Julieta... Saranghae.

Ella abrió los ojos, confundida, queriendo preguntar, queriendo retenerlo un segundo más. Pero antes de que pudiera articular palabra, Min Ho apretó algo frío y metálico en su mano derecha. Algo pequeño, duro, con una forma que sus dedos reconocieron sin necesidad de verlo.

Luego, con un último esfuerzo sobrehumano, giró sobre sus talones y caminó hacia la salida.

No miró atrás.

No podía. Sabía que si lo hacía, si veía sus ojos verdes una vez más, no tendría la fuerza para irse. Y tenía que irse. Tenía que. Así que siguió caminando, paso a paso, sintiendo que cada paso lo alejaba no solo de una casa, sino de su razón de existir.

Julieta se quedó inmóvil, petrificada, viendo cómo la silueta de su amor se alejaba para siempre. La luz del sol lo envolvía, creando un halo dorado a su alrededor, como si fuera un sueño que se desvanece al despertar.

Solo cuando la puerta se cerró tras él, cuando el ruido del pestillo resonó como un disparo en el silencio del jardín, Julieta abrió la mano.

Allí, captando la luz del sol y devolviéndola en destellos dorados, brillaba el anillo de graduación de Min Ho.

Un sollozo inmenso, profundo, desgarrador, le rompió el pecho y escapó de sus labios en un gemido animal. Apretó el anillo contra su corazón, sintiendo el metal frío contra la piel ardiente, y luego subió corriendo a su habitación.

Pero las paredes parecían cerrarse sobre ella. El techo amenazaba con aplastarla. Los recuerdos —los libros, las notas, las fotografías— la asfixiaban. Necesitaba aire. Necesitaba verlo una vez más, aunque fuera desde lejos.

Salió al balcón. Ese mismo balcón desde donde, años atrás, lo había visto llegar por primera vez. Ese balcón que había sido testigo de tantas tardes de esperanza.

Desde allí, con el anillo apretado en su puño hasta que el metal le dejó marca en la piel, vio la escena que se desarrollaba en la calle.

Los abrazos. Los fuertes abrazos de despedida entre sus hermanos y Min Ho, especialmente uno. David, que siempre tan bromista, tan despreocupado, ahora apretaba a su mejor amigo con una fuerza que delataba el miedo a perderlo. Las palmadas en la espalda, esos golpes viriles que intentaban ocultar el nudo en la garganta, la humedad no derramada en los ojos.

Y en el rostro de David, cuando finalmente se separaron, Julieta vio algo que la destrozó aún más: su propia tristeza reflejada como en un espejo. Esa profunda, inmensa, desoladora pena de perder a un mejor amigo. De saber que, aunque los teléfonos existieran y las llamadas fueran posibles, nada volvería a ser igual. Que esa amistad forjada en tardes de baloncesto y risas, en complicidades de hermanos, ahora quedaba reducida a un "cuídate" y un "te llamaré".

Los padres de Julieta y los Park se despedían con abrazos que intentaban contener años de amistad. Aunque había promesas de seguir en contacto, todos sabían, en el fondo, que una etapa irrepetible llegaba a su fin. La tristeza era más palpable en las señoras, cuyos ojos brillaban con la nostalgia de tantos años compartidos.

Después de varias despedidas y palabras de más, los Park abordaron el mismo lujoso automóvil negro que años atrás los había traído. Para Julieta, fue un golpe de déjà vu: la escena era un espejo amargo de aquel día lejano en que un niño de ojos almendrados había bajado de ese coche y, con una sola mirada, había despertado su corazón para siempre.

Min Ho permaneció un momento fuera, con los brazos apoyados en el techo del vehículo, la mirada fija en ella. Era la postura de quien se aferra a los últimos segundos, de quien quisiera detener el tiempo. Julieta, impulsada por un adiós silencioso, se acercó al barandal del balcón. Por un instante eterno, sus miradas se trenzaron una última vez, cargadas de todo lo no dicho. Entonces, Min Ho cerró los ojos, como si con eso pudiera guardar su imagen para siempre, y por fin entró al auto.

Julieta lo vio alejarse, y con cada metro que el coche ganaba, sintió cómo un viento gélido la envolvía, cortando en pedazos ese corazón que, desde que tenía uso de razón, solo había latido para él.

El coche arrancó.

Julieta vio cómo se alejaba calle abajo, haciéndose cada vez más pequeño, hasta convertirse en un punto insignificante en el horizonte. Y cuando finalmente desapareció, cuando el último rastro de humo se disipó en el aire, Julieta levantó el anillo hacia sus labios y depositó un beso sobre el metal frío.

—Saranghae —susurró, sin saber lo que significaba, pero sintiéndolo con cada fibra de su alma.

El eco de esa palabra flotó en el aire vacío. Y Julieta supo, con una certeza que dolía más que cualquier despedida, que su vida acababa de dividirse en dos: antes de Min Ho y después de Min Ho.

9

Tras la partida de la familia Park, una melancolía silenciosa se instaló en la casa de los Pacheco. Sus hermanos, al percibir el peso del ambiente y el dolor sordo en la mirada de Julieta, decidieron actuar. Rompieron el luto a fuerza de paseos por la ciudad, cenas ruidosas, tardes de compras y noches de teatro, tejiendo a su alrededor una red de cariño y distracción.

Preocupados por su bienestar, los Sres. Pacheco organizaron unas vacaciones familiares en las playas del sur. Entre paisajes de ensueño, descubrieron un destello de la antigua Julieta: una chica ávida por descubrir, que documentaba cada detalle en un blog personal con sus fotografías y reflexiones.

Julieta valoraba profundamente el esfuerzo de su familia, y por ello, comenzó a perfeccionar una sonrisa. Aprendió a ocultar la tristeza que la carcomía por dentro, ese silencio absoluto de Min Ho, que ni una llamada ni un mensaje había enviado para romper la distancia.

Al ingresar a la preparatoria, encontró un refugio en los libros y en la meticulosa documentación de culturas lejanas. Sumergirse en la historia de otros países era un escape, una forma de no pensar en el suyo propio. Sin embargo, por más que se esforzaba, su pensamiento siempre regresaba a él.

Llegó el invierno, y con él, la nostalgia de las fiestas. Una esperanza tonta se aferró a su corazón: que en esas fechas tan significativas, él finalmente se comunicaría. Revisaba el correo con ansiedad cada día, hasta que el 31 de diciembre, con el último sonido de los fuegos artificiales, su esperanza se apagó para siempre. No hubo carta, ni llamada, ni mensaje. Solo el silencio, confirmando lo que su corazón ya sabía, pero se negaba a aceptar: para Min Ho, todo había terminado.

Y así, con la resignación como única compañera, los meses se deslizaron hasta convertirse en años. Julieta siguió con su vida, pero una parte de ella, la que había amado con la intensidad de quien da todo por primera vez, se quedó congelada en el tiempo, en el instante en que un automóvil negro se llevó su corazón por la calle.

Para el mundo, y sobre todo para su familia, Julieta era el epítome de la superación. Sumergida en sus estudios y en su pasión por descubrir el mundo, todos creyeron que había logrado lo imposible: olvidar a Min Ho. Pero la verdad era un susurro constante en su pecho. Ni un solo día había dejado de pensar en él. Cada noche, su ritual era el mismo: salir al balcón, contemplar las estrellas y dejar que el anhelo la envolviera.

— "Saranghae" —susurraba al viento nocturno—. La última palabra que me dijo fue "Saranghae". Después de tanto investigar, supe que significa "te amo"… pero el tiempo ha pasado y su silencio es absoluto. ¿Cómo pudo dejar de amarme tan fácilmente? Yo no he podido… ni quiero. Mi pensamiento está en ti, Min Ho, siempre en ti. Y tal vez, así sea para siempre.

Al ingresar a la Universidad a estudiar Turismo, abrió un blog como un refugio. Allí volcó todos los conocimientos que había acumulado durante años sobre los destinos más maravillosos del planeta. Escribía con una mezcla de rigor y encanto, describiendo con sencillez la hotelería, la gastronomía, las costumbres y hasta el clima de cada lugar. Su voz era tan auténtica y su pasión tan contagiosa, que no tardó en construir una comunidad de seguidores que crecía día a día.

Para cuando se graduó, Julieta ya no era solo una estudiante; era una influyente bloguera de viajes. Su audiencia era enorme: viajeros agradecidos, curiosos ávidos de cultura y hasta compradores internacionales seguían sus recomendaciones. Se había convertido en la voz más famosa y confiable del sector.

Su expertise era tal, que las embajadas comenzaron a verla como una aliada invaluable para la promoción turística. Las invitaciones a visitar distintos países llovían sobre ella, lo que le permitió recorrer numerosas ciudades de América y Europa. Julieta se entregó en cuerpo y alma al trabajo, un oficio que amaba profundamente.

Pero en la quietud de la noche, una verdad persistente emergía: por más que controlaba su carrera, su corazón era un territorio rebelde. Aunque en su camino se cruzaron hombres con todas las cualidades que cualquier mujer desearía, ninguno logró conmoverla. Nunca volvió a sentir esa chispa, ni escuchar esa "bella y suave melodía de amor" que una vez sonó para Min Ho.

Y en las noches más silenciosas, todavía lograba escuchar los tenues susurros de su corazón que, obstinado, seguía repitiendo "Saranghae". Ya no estaba segura si era su corazón el que hablaba cada vez más bajo, o si era ella, la mujer exitosa y viajada, quien le ordenaba callar para poder seguir con su vida.

A sus 28 años, Julieta se había convertido en una mujer de una elegancia discreta y una inteligencia que brillaba tanto como su exitosa carrera. Sin embargo, en la quietud de su corazón, una sola sombra se prolongaba: el abandono de Min Ho había sellado en ella una desconfianza férrea hacia la constancia del amor masculino.

Era una paradoja que la entristecía profundamente. Su alma, la misma que se atrevía a explorar países lejanos, anhelaba volver a enamorarse con la intensidad candente de sus quince años. Deseaba recrear aquella magia, sentir de nuevo que el mundo se detenía con un beso. Pero por más que lo intentaba, su corazón parecía haberse convertido en una fortaleza impenetrable. El primer amor se había llevado consigo, no solo la inocencia, sino también la capacidad de volver a creer.

10

Julieta estaba en su oficina, sumida en la rutina plácida de una tarde cualquiera, clasificando las invitaciones que habían llegado durante la semana. El correo era un torrente incesante, y ella había aprendido a navegarlo con la eficiencia de quien ha convertido su pasión en profesión.

Dos sobres destacaban sobre el escritorio. Uno, del Gobierno de Puebla, la invitaba a una galería de arte donde presentaría su último trabajo fotográfico sobre los pueblos mágicos de México. El otro, largamente esperado, era de la Embajada de Japón, confirmando su participación en un festival de turismo en Kioto.

Mientras consultaba fechas en su tablet, el timbre del interfono la sobresaltó.

—Señorita Pacheco, su asistente tiene un sobre para usted —anunció la recepcionista.

—Que pase.

La puerta se abrió y su asistente, un joven eficiente de gafas redondas, le entregó un sobre de papel fino, de esos que se reservan para ocasiones especiales. Pero lo que hizo que Julieta temblara no fue la calidad del papel, sino la procedencia estampada en el remitente.

Compañía Televisora Central de Corea del Sur. Seúl.

El mundo se detuvo.

Las manos, esas manos que habían sostenido cámaras en los lugares más remotos del planeta, que habían permanecido firmes en tifones y tempestades, comenzaron a temblar sin control. Toda la fortaleza de acero que había forjado alrededor de su corazón durante años —capa tras capa, escondiendo el dolor bajo logros profesionales, viajes, sonrisas para la cámara— se derritió en un instante, como hielo al sol de un verano implacable.

No podía ser. No después de tanto tiempo. No después de haber intentado olvidar, de haber viajado miles de kilómetros para poner distancia entre su memoria y su corazón, de haber aceptado que algunas historias simplemente terminan sin un final.

Pero allí estaba. Una simple invitación. Y con ella, renaciendo en su pecho como una flor salvaje después del incendio, una esperanza temeraria, absurda, casi ridícula: la posibilidad de volver a verlo.

La conmoción fue tan grande que el temblor en sus manos persistió largos minutos. Abrió el sobre con una lentitud reverente, como quien abre una carta que podría contener una bomba o un tesoro.

Leyó las líneas formales: la invitaban a realizar un recorrido por Seúl para que conociera la ciudad y luego compartiera su experiencia en su blog. Además, participaría como conferencista en un congreso internacional de viajeros, donde hablaría sobre su trayectoria como bloguera. Sería una semana en Seúl, con todos los gastos pagados.

Nada más. Ninguna señal. Ninguna pista.

¿Era una oportunidad? ¿Era una trampa que solo le traería más dolor? ¿O era simplemente el azar, ese caprichoso arquitecto del destino, jugando una vez más con su vida?

Cuando logró serenarse lo suficiente —respira hondo, Julieta, respira hondo—, abandonó la oficina sin dar explicaciones. En el ascensor, su reflejo en el espejo le devolvió la imagen de una mujer que no reconocía: pálida, desencajada, con los ojos brillantes de una emoción que no podía nombrar.

Al volante de su automóvil, manejó sin pensar, dejando que el instinto la guiara. Y el instinto, como siempre, la llevó al único refugio donde siempre encontraba claridad: la casa de su madre.

La señora Pacheco estaba regando las macetas del patio cuando escuchó el motor del coche. Al ver a Julieta bajar, con ese paso inseguro, esa palidez en el rostro, supo de inmediato que algo grave ocurría. No hizo preguntas. No era necesario. Las madres tienen un radar para el dolor de sus hijos.

Le sirvió una taza de té caliente —manzanilla, siempre manzanilla para los nervios— y se sentó frente a ella en la mesa de la cocina, esperando con una paciencia infinita.

Solo entonces, entre sorbos temblorosos y suspiros entrecortados, Julieta le contó todo. La invitación. Corea. El miedo. Esa esperanza absurda que le latía en el pecho como un pájaro enjaulado.

Cuando terminó, su madre guardó silencio un momento. Luego, tomó sus manos entre las suyas —esas manos arrugadas que tanto amor habían dado— y habló con una voz inusualmente firme:

—Tienes que aceptar, Julieta.

Julieta levantó la vista, sorprendida.

—¿Y si solo encuentro más dolor? —preguntó, con la voz quebrada, hecha pedazos—. ¿Y si voy hasta allá y lo único que consigo es revivir algo que ya enterré? ¿Y si duele más de lo que duele ahora?

Su madre apretó sus manos con más fuerza.

—Entonces que así sea, hija. Para bien o para mal, necesitas dar vuelta a esa página de una vez por todas. Llevas años huyendo, años escondiendo tu corazón debajo de cámaras y viajes y sonrisas fingidas. Es hora de enfrentarlo. Sea cual sea el resultado, mereces saberlo.

Julieta bajó la mirada, sintiendo que los ojos se le humedecían.

—Mamá... si lo encuentro... ¿crees que podré controlar los nervios?

Entonces, algo inesperado ocurrió. Una sonrisa pícara, de esas que Julieta conocía desde la infancia, se dibujó en el rostro de su madre. Una sonrisa traviesa, cómplice, que brillaba en sus ojos con una luz juguetona.

—Por supuesto que sí, mi niña. Mira, yo sé que lo amas con todo tu corazón. Lo sé mejor que nadie. Te he visto llorar por él en silencio, te he visto sonreír con sus recuerdos, sé que nunca has dejado de amarlo ni un solo día. Pero... —Hizo una pausa dramática—.Dime sinceramente, muy en el fondo de ese corazoncito tuyo... ¿no guardas un corajillo escondido por su abandono? ¿Un poquito de rabia por lo fácil que te borró de su vida?

Julieta parpadeó. Y entonces, como si alguien hubiera encendido una luz en una habitación oscura, sintió algo que hacía años no sentía.

—¡Claro que lo tengo! —exclamó, y su voz sonó más fuerte, más viva—. Cuando pienso en todo lo que esperé, en todas las cartas que nunca llegaron, en todas las llamadas que nunca hicieron sus teléfonos... ¡me dan ganas de estrujarlo! De mirarlo a los ojos y preguntarle por qué. Exigirle una respuesta.

—Precisamente ese coraje —concluyó su madre, con una astucia que solo una madre puede tener— será tu escudo. Te mantendrá serena, incluso indiferente. Porque si el amor te desarma, el coraje te protege. Llévalo contigo como una armadura.

Julieta se quedó mirando a su madre, atónita. Una risa nerviosa, un sonido entre la incredulidad y la liberación, escapó de sus labios.

—¿Cuándo partes? —preguntó su madre.

—Pasado mañana —logró responder.

—¿Pasado mañana? ¿Y por cuánto tiempo?

—Una semana en Seúl.

Su madre asintió, y en un segundo se transformó en un torbellino de energía.

—Entonces no hay tiempo que perder. Yo prepararé tu mejor ropa, y tú arregla tus pendientes en la oficina, porque mañana iremos al spa. Bien temprano. Debes lucir fresca y radiante. Y cómprate algo nuevo, algo bonito, algo que te haga sentir poderosa.

Julieta se levantó y la abrazó con una fuerza que decía más que mil palabras. Enterró el rostro en el hombro de su madre, respirando ese olor a hogar, a infancia, a refugio.

—Gracias, mamá —susurró—. Gracias por todo.

—Siempre, mi niña. Siempre.

Dos días después, rodeada del cariño de sus padres, David y Betty, Julieta emprendió el viaje en el aeropuerto. Los abrazos fueron largos, los besos muchos, las lágrimas contenidas con esfuerzo.

—Llámame en cuanto aterrices —pidió David, abrazándola fuerte—. Y si ves a ese desgraciado... dile que su cuñado favorito lo espera para ajustar cuentas.

Betty le dio un codazo, pero sonreía.

—Tráete algo bonito de Corea —pidió—. Y sobre todo, tráete respuestas.

Ya en el avión, cuando las ruedas se despegaron del suelo y la ciudad comenzó a desdibujarse bajo sus pies como una acuarela que se diluye, Julieta sintió que el corazón se le aceleraba.

Pero no era miedo. No exactamente.

Era algo más complejo, más profundo.

Cerró los ojos, y entonces, como una cascada que rompe un dique después de años de contención, los recuerdos la inundaron. Todos los que había intentado borrar, enterrar, olvidar. Las tardes en los columpios. Los sobres de papel doblados con precisión. El beso en el jardín. El anillo de graduación apretado en su puño. La palabra que nunca entendió.

Saranghae.

Y para su sorpresa, cada uno de esos recuerdos, al evocarse, no le arrancó lágrimas. No le dolió como esperaba.

Le arrancó una sonrisa.

Una sonrisa pequeña, temblorosa, pero una sonrisa al fin.

Porque el amor verdadero, descubrió en ese instante, no era algo que se pudiera olvidar. Era algo que se llevaba dentro, como una marca de nacimiento, como un latido más. Y aunque doliera, aunque hubiera cicatrices, también era hermoso haberlo vivido.

El avión surcaba el cielo, llevándola hacia lo desconocido.

Y Julieta, con el anillo de graduación colgado en una cadena bajo su blusa —siempre lo había llevado, siempre, aunque nunca se lo confesó a nadie—, miró por la ventanilla y susurró para sí misma:

—Allá voy, Min Ho. Allá voy.

11

Al aterrizar en Seúl, una mezcla explosiva de ansiedad y determinación se apoderó de Julieta.

El avión tocó tierra con un suave golpe, y su corazón dio un vuelco que nada tenía que ver con la maniobra. Cuando por fin pisó la tierra que lo vio nacer, la tierra que había guardado su silueta durante todos esos años, respiró hondo. Muy hondo. Como si necesitara llenar sus pulmones de valor, de ese coraje que su madre le había dicho que llevara como escudo.

Se dirigió al reclamo de equipaje con paso firme —o al menos, lo intentó—, y mientras esperaba que apareciera su maleta entre el desfile interminable de maletas anónimas, buscó en su celular el nombre de su contacto local. Jun Shin Hye. La joven que la asistiría con el itinerario y la acompañaría a la televisora para coordinar los recursos para el rodaje. Repasó mentalmente el nombre, asegurándose de no olvidarlo, de pronunciarlo bien cuando llegara el momento.

Pero entonces, su atención se desvió.

A pocos metros, dos hombres jóvenes esperaban también su equipaje. Y uno de ellos... uno de ellos destacaba con una presencia magnética, imposible de ignorar.

Era alto. Muy alto. De una apostura serena que parecía esculpida por los dioses, y una elegancia innata que no necesitaba aspavientos para hacerse notar. Enfundado en un fino abrigo negro que le llegaba a las rodillas, contrastaba con la pureza inmaculada de una bufanda blanca de lana que envolvía su cuello con descuido calculado. La postura, erguida pero relajada, delataba a alguien acostumbrado a ser mirado.

Algo en su silueta, en la forma en que inclinaba ligeramente la cabeza al hablar, en la manera en que sus manos descansaban en los bolsillos del abrigo... algo le resultó vagamente familiar. Como un eco de un sueño antiguo. Como una melodía que no escuchabas desde la infancia pero que, al resonar de nuevo, te eriza la piel sin saber por qué.

Julieta se quedó paralizada.

Su corazón, ese órgano traidor que siempre había tenido voluntad propia, comenzó a martillear en su pecho con un ritmo frenético, desbocado, casi doloroso. Las sienes le palpitaban. Las manos le sudaban dentro de los guantes.

¿Era él? ¿Era Park Min Ho?

¿O simplemente un doble extraordinariamente parecido? Porque Corea estaba llena de hombres guapos, eso lo sabía. Pero ninguno... ninguno tenía esa forma de pararse, esa gravedad específica, esa luz propia que solo él había tenido siempre.

Aprovechando la discreción que le brindaban sus lentes oscuros —grandes, de diseñador, que le cubrían media cara— y el sombrero de ala ancha que había elegido para el viaje, Julieta no podía apartar la mirada de él. Lo devoraba con los ojos desde detrás de su disfraz urbano, intentando encontrar una señal, una prueba, una condena o una absolución.

Le costaba creer que el destino le hubiera concedido tan rápido un deseo que ni siquiera se había atrevido a formular. Llevaba apenas cinco minutos en Seúl. Apenas el tiempo de respirar el aire coreano. ¿Y ya estaba ahí? ¿Frente a ella?

Con gesto serio, el hombre hablaba con su acompañante. Intercambiaban palabras breves, miradas cómplices. Todo indicaba que no la había visto. Que ni siquiera había notado su presencia en el mismo espacio. Pasaba la mirada por encima de ella como si fuera parte del mobiliario del aeropuerto, un objeto más entre las columnas y las pantallas informativas.

Un fogonazo de indignación, caliente y repentino, recorrió a Julieta de pies a cabeza.

¿Cómo que no me ve?

Pensó, con la ironía afilada que da el orgullo herido, con esa mezcla de rabia y decepción que solo nace de las expectativas frustradas:

—¡Es increíble! ¿De verdad no se da cuenta? ¿Cómo es posible pasar por alto a una pelirroja en medio de Seúl? Somos como unicornios en esta ciudad. ¡Unicornios! Y él ahí, tan campante, como si yo fuera invisible.

En ese instante, el acompañante tomó el equipaje —dos maletas grandes, de esas que indican una estancia larga— y, sin dirigir una sola mirada hacia ella, ambos se dieron la vuelta y comenzaron a alejarse.

Las piernas de Julieta le pidieron a gritos que corriera tras él. El corazón le exigía que gritara su nombre. Pero los pies, los traidores pies, se negaron a moverse.

Solo pudo verlo partir. Ver cómo esa silueta que había habitado sus sueños durante años se alejaba por el pasillo del aeropuerto, haciéndose cada vez más pequeña, más lejana, más imposible.

Y a pesar de la molesta indiferencia, a pesar del orgullo herido, a pesar de los años de silencio y abandono, Julieta no pudo evitar reconocer, con una punzada de admiración involuntaria, una verdad incómoda:

Min Ho lucía más atractivo, más gallardo, más hombre que nunca.

El tiempo no había pasado en vano para él. Lo había esculpido, refinado, convertido en una versión aún más letal del adolescente que le robó el corazón.

Una sensación cálida y familiar la envolvió entonces, como una manta en invierno. Como si todos esos años de distancia no hubieran existido. Como si el amor fuera un músculo que, aunque atrofiado, recordaba perfectamente cómo contraerse.

Y antes de que su orgullo pudiera intervenir, antes de que su cerebro racional pudiera detenerla, la confesión escapó de sus labios en un susurro, tan bajo que solo ella pudo escucharlo:

—Esto es amor a primera vista...

Hizo una pausa, sintiendo el peso de sus propias palabras.

—...y ha ocurrido otra vez.

Una sonrisa triste, irónica, llena de contradicciones, se dibujó en sus labios.

Allí estaba. En Seúl. Con el corazón más desprotegido que nunca. Y acababa de verlo por primera vez en años.

12

Poco después de que los dos hombres se alejaran. La maleta apareció por fin en la cinta, dando una sacudida que la devolvió a la realidad. La tomó con manos temblorosas, y no pudo evitar preguntarse:

¿Y ahora qué, Julieta? ¿Y ahora qué?

—¿Yurieta Patcheko? — una joven de sonrisa sincera preguntó en un inglés claro. Ella asintió, y la joven hizo una respetuosa inclinación de cabeza. —Me llamo Jun Shin Hye. Será un honor ser su asistente durante su estadía.

—El honor es mío —respondió Julieta, sintiéndose instantáneamente bienvenida—. ¿Cómo prefieres que te llame?

Shin Hye hizo una seña a un ayudante para que se hiciera cargo del equipaje.

—Puedes llamarme Shin Hye. Vamos, te llevaré al hotel para que descanses. ¿Te gustaría ir a desayunar?

—Sí, por favor —aceptó Julieta con un suspiro de alivio—. Necesito un café con urgencia.

Durante el trayecto, la dulce y amable Shin Hye le hablaba con entusiasmo sobre los encantos de Seúl. Julieta asentía, tratando de fijarse en los paisajes urbanos que desfilaban por la ventana, pero sobre la belleza moderna de la ciudad se superponía, tozuda, la imagen de Min Ho. Mientras Shin Hye señalaba un templo tradicional, el pensamiento de Julieta era un eco obsesivo: *«Estoy segura de que era él. Pero no me vio... o quizás sí lo hizo, y me ignoró deliberadamente. Y eso... eso es mucho peor».*

Después de registrarse en el impresionante hotel y de que subieran su equipaje a la suite, ambas se dirigieron al restaurante a disfrutar de un desayuno coreano delicioso y reconfortante. Tras una charla amena, Shin Hye se despidió cordialmente.

—Pasaré por ti a las seis de la tarde para mostrarte la ciudad de noche. Descansa bien.

Julieta agradeció el gesto. Finalmente, a solas, la promesa de unas horas de sueño era un refugio bienvenido, aunque intuía que su mente, agitada por el reencuentro fallido, tendría otros planes.

El sueño reparador hizo su efecto, y cuando la llamaron de recepción, Julieta estaba lista, luciendo radiante. La siempre sonriente Shin Hye la llevó a recorrer varios lugares emblemáticos, culminando el paseo en la terraza de una cafetería con una vista panorámica de Seúl bañada en luces.

Mientras saboreaba un té exquisito, Julieta contemplaba, maravillada, el vasto paisaje urbano. Una emoción contenida le recorría el pecho al preguntarse en cuál de esos imponentes rascacielos estaría su amado Min Ho en ese preciso instante.

Después de comentar diversos aspectos de la cultura coreana, Shin Hye, con complicidad femenina, lanzó la pregunta del millón:

—Y ahora, dime lo importante... ¿qué tal los chicos por aquí?

Tras un suspiro exagerado que arrancó una carcajada a su nueva amiga, Julieta se dejó llevar por la confianza.

—Hoy, en el aeropuerto, vi a un hombre... divino. Tan atractivo, elegante y seguro de sí mismo que no logro sacármelo de la cabeza. Y me quedé con las ganas de saber, al menos, su nombre.

Lo que en realidad anhelaba era confirmar si era *realmente* Min Ho, o si su propia ansiedad por encontrarlo le estaba jugando una cruel trampa, haciendo que viera su rostro en cada hombre apuesto.

—¿Y por qué no leíste su nombre en la maleta? —preguntó Shin Hye con inocencia.

—Muy graciosa —respondió Julieta, riendo.

—¿Graciosa? ¿Por qué? —insistió Shin Hye, genuinamente desconcertada.

—¡Porque solo vi una serie de 'simbolitos'! Yo no hablo ni entiendo coreano.

—¡Ay, es cierto! —exclamó Shin Hye, riendo a su vez—. Entonces, ¡debieras haberle tomado una foto con el celular!

—¡Claro! Para que me denunciara por acoso —bromeó Julieta, y ambas rieron con ganas—. Pero... estoy segura de que era él. Mi corazón me lo dice.

—¿Él? ¿Quién es 'él'? —preguntó Shin Hye, inclinándose intrigada.

—El hombre de mis sueños —confesó Julieta con otro suspiro dramático y una mueca tan cómica que provocó una nueva risotada.

Por supuesto, no se atrevió a contarle la historia completa: que lo conocía desde la infancia, que había sido el amor de toda su vida, y que él la había olvidado por completo, tal como quedó demostrado con su fría indiferencia en el aeropuerto.

Después de un rato agradable, regresaron al hotel. Al despedirse, Shin Hye le recordó:

—Pasaré por ti a las nueve en punto para ir a la televisora y presentarte al equipo.

Esa noche, abrumada por el torbellino de recuerdos y la incertidumbre, Julieta apenas pudo pegar un ojo.

13

A la mañana siguiente, Julieta amaneció con una energía renovada. La ilusión de hacer un trabajo impecable en la tierra de Min Ho, y la secreta esperanza de reencontrarse con él, le prestaban un brillo especial. Estaba simplemente radiante.

Shin Hye, puntual como siempre, la acompañó a conocer aquella televisora de Corea del Sur. Desde el vestíbulo, le fue presentando al personal: un equipo de profesionales respetuosos y amables que hicieron que Julieta se sintiera bienvenida desde el primer instante.

Al llegar al departamento de Relaciones Públicas, su mirada se cruzó con la de un hombre tan apuesto que bien podría ser modelo. Al verla, él se acercó con una sonrisa encantadora y le dijo en inglés:

—Bienvenida, Srta. Pacheco. Soy So Keun Suk. Yo suelo encargarme de atender a las personalidades que nos visitan, pero no tuve el honor de recibirla a usted porque esta mala amiga se interpuso en mi camino.

La presentación, tan desenfadada, le arrancó una sonrisa a Julieta.

—Gracias por su amable bienvenida —respondió.

—No le creas, Yuly —intervino Shin Hye con picardía—. Lo que pasa es que está molesto porque soy yo tu asistente exclusiva y no él. ¿A que sí, Keun Suk?

—Así es —admitió él, sin perder la sonrisa—. Pero si me permiten invitarlas a cenar, quizás olvidaría lo molesto que estoy.

—No, gracias —replicó Shin Hye, exagerando un gesto de preocupación—. Tienes tantas admiradoras en la empresa, y tantos asuntos pendientes con ellas, que nos veríamos envueltas en serios problemas.

Los tres rieron ante el comentario —una risa ligera, cómplice, de esas que nacen en una conversación distendida—, pero la risa se cortó de golpe, como si alguien hubiera accionado un interruptor.

Una de las secretarias se acercó con prisas, el rostro descompuesto por la urgencia.

—El Director General se acerca. Ya está llegando.

El aire cambió.

De pronto, sin previo aviso, las grandes puertas de la sala se abrieron de par en par con un silencio solemne, casi teatral. No hubo ruido, no hubo chirrido; solo el movimiento pausado de la madera cediendo paso a algo —a alguien— más grande que ellas.

Y entonces, el ambiente se electrizó.

El personal que momentos antes compartía risas y comentarios se irguió al unísono, como movido por un resorte invisible. Los cuerpos se tensaron, las miradas se desviaron hacia el suelo o hacia un punto fijo en la distancia, y las manos buscaron instintivamente posiciones de respeto. Se abrieron a su paso como las aguas del Mar Rojo, creando un corredor humano de reverencia muda.

Una figura avanzaba por ese pasillo improvisado con pasos seguros, dueño absoluto de cada centímetro del espacio que pisaba.

Julieta no podía respirar. No podía parpadear. No podía hacer nada que no fuera mirar. Park Min Ho. El Director General.

Flanqueado por su secretario —el mismo hombre que lo acompañaba en el aeropuerto—, avanzaba con una autoridad impecable, natural, como si hubiera nacido para ocupar ese lugar. El fino abrigo negro ahora colgaba de una percha invisible, dejando ver un traje impecablemente cortado que ceñía sus hombros con precisión quirúrgica. El cabello, perfectamente peinado hacia atrás, acentuaba la línea firme de su mandíbula y la intensidad de sus ojos oscuros.

¿Era posible? ¿Era él?

No cabía duda. No había error posible. Allí estaba, transformado por los años —más maduro, más ancho de hombros, impecablemente guapo, con una seriedad que tallaba su rostro como el cincel talla el mármol—, pero era él. Su Min Ho.

El niño que le deslizaba notas en la mano. El adolescente que la mecía en los columpios. El joven que le besó la mejilla en su fiesta de quince años. El hombre que le dijo *saranghae* antes de irse para siempre.

Allí estaba. A solo unos metros. Y en el epicentro de aquella súbita y silenciosa tormenta de protocolo, Julieta se convirtió en una estatua de sí misma.

Por fuera, una elegancia inquebrantable. La postura erguida, la mirada serena, los labios sellados en una línea de profesionalismo impecable. Su experiencia frente a las cámaras, sus años de exposición pública, su armadura de mujer exitosa... todo funcionó a la perfección para mantener la fachada.

Pero por dentro... Por dentro era un cataclismo.

Un terremoto de magnitud infinita arrasaba con cada fibra de su ser. Su corazón, ese órgano traidor que nunca había aprendido a olvidarlo, se desbocó como un tambor de guerra contra sus costillas. Bam, bam, bam. Cada latido era un martillazo. Cada martillazo, un recuerdo.

El aire huyó de sus pulmones en una sola exhalación que no supo controlar, dejándola suspendida en un vacío donde el tiempo se detuvo por completo. Los segundos se volvieron eternos. El mundo se redujo a la silueta que avanzaba hacia ella.

Pasado y presente colisionaron sin piedad en el espacio reducido de su pecho.

Allí estaba, materializado en carne y hueso, el fantasma que había habitado sus sueños y sus noches en vela durante todos esos años. El eco de las tardes en el parque. La voz que susurraba "estarás en mis sueños". La mano que deslizaba sobres de papel en su palma. El beso en el jardín. El anillo de graduación que aún llevaba colgado al cuello, escondido bajo la blusa, latiendo contra su piel como un secreto inconfesable.

El hombre que, con una sola mirada, podía hacer dos cosas terribles:

Resucitar cada esperanza que ella había enterrado con tanto esfuerzo.

O demoler para siempre el frágil mundo que, ladrillo a ladrillo, lágrima a lágrima, había logrado construir sin él.

Min Ho siguió avanzando. Sus ojos oscuros barrían la sala con la eficiencia de quien inspecciona su dominio, su reino. Pasaron sobre los empleados, sobre los escritorios, sobre las pantallas...

Y entonces, se detuvieron en ella. El tiempo dejó de existir.

No podía creerlo. Había imaginado una búsqueda complicada, llena de llamadas, pesquisas y tal vez días de espera infructuosa. Había ensayado mentalmente mil maneras de encontrarlo, mil escenarios diferentes, mil reacciones posibles.

Pero el destino, con ese peculiar sentido del humor que siempre había tenido, lo había colocado frente a ella sin ningún esfuerzo. Sin buscarlo. Sin estar preparada.

Allí estaba, caminando con esa seguridad que le partía el alma, dueño y señor de cada paso que daba. Y lo peor de todo era que ni siquiera parecía sorprendido de verla.

Como si ella fuera una más. Una invitada cualquiera. Un nombre en una lista.

Cuando estuvo frente a frente con ella, sus ojos oscuros la recorrieron con una frialdad profesional que helaba la sangre. No hubo chispa de reconocimiento. No hubo vacilación. No hubo nada que delatara que alguna vez, hacía años, ese mismo hombre le había susurrado *saranghae* al oído mientras ella se deshacía en sus brazos.

—Bienvenida, Srta. Pacheco —dijo, con una formalidad gélida, en un inglés perfecto que delataba años de práctica y exposición internacional—. ¿La han atendido bien?

Cada palabra era un cuchillo de hielo.

Julieta sintió que el corazón se le retorcía, que las piernas le temblaban, que mil preguntas le quemaban la garganta. Pero entonces, como un escudo que se levanta justo a tiempo, sintió que algo más emergía desde lo más profundo de su ser.

El coraje. Ese "corajillo" del que su madre había hablado. Esa rabia contenida durante años, alimentada por el silencio, por las cartas que nunca llegaron, por las llamadas que nunca hicieron sus teléfonos. Por todas las noches que lloró en silencio preguntándose qué había hecho mal.

Enderezó la espalda. Ajustó la mirada. Y cuando habló, su voz salió firme, serena, tan profesional como la de él.

—Gracias, Sr. Park. Me han atendido de maravilla.

Cada sílaba le costó sangre. Pero lo logró.

—Es un honor que haya aceptado nuestra invitación —continuó él, imperturbable—. La Srta. Jun Shin Hye estará a su entera disposición para lo que necesite durante la producción.

Julieta mantuvo la mirada fija en la suya, sin pestañear, sin delatar ni una grieta en la armadura.

—Agradezco su atención, Sr. Park.

Tres segundos. Quizás cuatro. Sus ojos se sostuvieron en un duelo silencioso que solo ellos dos podían entender.

Luego, con una inclinación de cabeza tan breve como distante —un gesto que pareía más un acto protocolario que un saludo—, el Sr. Park se dio la vuelta y salió del área, seguido por su séquito de asistentes y secretarios.

La estela de su perfume —un aroma amaderado, desconocido, que nada tenía que ver con el chico que ella recordaba— flotó en el aire un instante antes de desvanecerse.

Un momento después, un asistente llamó a Keun Suk, quien se disculpó rápidamente y salió tras ellos. El vacío que dejaron fue ensordecedor.

Aprovechando que Shin Hye conversaba animadamente con el camarógrafo sobre los detalles técnicos de la próxima grabación, Julieta se acercó a la pared de cristal que ofrecía una vista panorámica de Seúl.

Fingió contemplar la ciudad. Los rascacielos, el tráfico diminuto, el río serpenteando entre la jungla de cemento. Pero en realidad, respiraba hondo. Una y otra vez. Intentando domar el torbellino que le desgarraba el pecho, intentando poner orden en el caos de emociones que amenazaba con desbordarla.

Un aluvión de preguntas sin respuesta acudió a su mente, todas a la vez, pisándose unas a otras:

¿Por qué me miró así? ¿No le importa? ¿De verdad me ha olvidado? ¿Cómo puede ser tan frío? ¿Qué pasó con aquel chico que me escribía notas? ¿Dónde quedó el Min Ho que me prometió que estaría en mis sueños?

Pero las ahuyentó. Con determinación. Con fiereza. Las apartó una por una, negándose a permitir que la debilitaran.

No. No iba a derrumbarse. No aquí. No frente a él. No frente a nadie.

Y entonces, sin quererlo, sin buscarlo, sus labios esbozaron una sonrisa. Leve. Casi imperceptible. Pero victoriosa. Su madre había tenido razón.

Al verlo entrar, tan deslumbrante, tan seguro, tan exitoso —habiendo disfrutado de una vida espléndida sin ella, habiendo construido un imperio mientras ella reconstruía su corazón pedazo a pedazo—, el coraje que guardaba en lo más profundo de su alma había emergido como un escudo.

Y gracias a él, había logrado la hazaña más difícil: hablarle con una frialdad que igualaba a la suya. Mirarlo a los ojos sin pestañear. Responder con la misma moneda helada que él le había ofrecido.

Por fuera, una profesional impecable. Por dentro, una guerrera.

La sonrisa se amplió apenas, solo para ella, solo para el reflejo de su rostro en el cristal.

Bien jugado, Julieta. Bien jugado.

Pero en el fondo, muy en el fondo, una vocecita insistente le susurraba una pregunta incómoda:

¿Y ahora qué?

14

El frío y distante trato de Min Ho fue el golpe definitivo. No había rastro del chico que una vez conoció, ni de la complicidad que compartieron. Para él, era simplemente una profesional más. Y al confirmarlo, la herida en su corazón, mal cicatrizada, se abrió con un dolor más agudo y profundo que nunca. Todos esos años había caminado con la esperanza clandestina de su reencuentro, y ahora la evidencia era irrebatible: esa posibilidad jamás había existido para él. Con una mirada nublada por la melancolía, un pensamiento se aferró a su mente: «*A pesar de que este amor silencioso me tortura, yo te he amado con todo mi corazón, Min Ho. Y por siempre te amaré. Nada, ni siquiera tu indiferencia, cambiará eso*».

De pronto, Shin Hye se paró a su lado, interrumpiendo el torrente de pensamientos que amenazaba con desbordarla.

—¿Y bien? —preguntó la joven coreana con una sonrisa curiosa—. ¿Qué te pareció el personal, Yuly? ¿Todo bien?

Julieta parpadeó, regresando al presente con un pequeño sobresalto que esperó haber disimulado bien. Se giró hacia Shin Hye y esforzó cada músculo de su rostro para sonar natural, para parecer la profesional impecable que había sido hasta hacía apenas unos minutos.

—Estoy muy complacida —respondió, y su voz sonó casi normal—. Son personas increíblemente dulces y amables. Me han hecho sentir muy bienvenida.

—Me alegra escucharlo —dijo Shin Hye con una sonrisa satisfecha, orgullosa de su equipo—. Pero te diré algo: solo te brindan el trato que una persona como tú inspira. No es solo profesionalismo, es que contigo es fácil ser amable.

Julieta sintió que un calor genuino le rozaba el corazón, aliviando un poco el hielo que la visita de Min Ho había dejado.

—Qué linda eres —sonrió—. Gracias, de verdad.

Shin Hye agitó la mano, restándole importancia, y luego dio una palmada con energía renovada.

—Bueno, Yuly, ¡ya tenemos todo listo para empezar! Dejemos los cumplidos para después y ¡manos a la obra! ¡Empecemos con el itinerario!

Los siguientes cuatro días fueron una maratón.

Una maratón hermosa, agotadora, fascinante. Recorrieron lugares emblemáticos: palacios antiguos que susurraban historias de reyes y reinas, barrios modernos que palpitaban con la energía del K-pop, mercados callejeros donde los sabores explotaban en la boca. Visitaron sets de filmación de exitosas series que Julieta había visto en sus noches de insomnio, entrevistaron a actores de fama internacional que la miraban con curiosidad y respeto, y capturaron con su cámara la esencia de los atractivos turísticos de Seúl.

La conferencia fue un éxito rotundo.

Julieta ocupó su lugar en el estrado con la seguridad de quien ha recorrido medio mundo contando historias, pero en su interior, una mariposa revoloteaba insistente. No era miedo escénico —eso lo había perdido hacía años—, era la conciencia de estar en territorio ajeno, en el país de él, bajo la mirada invisible de alguien que quizás, en algún lugar, estaba observando.

Pero en cuanto comenzó a hablar, todo desapareció.

La audiencia la escuchó con una atención reverente. Periodistas, blogueros, creadores de contenido y ejecutivos del turismo coreano tomaban notas, asentían, sonreían. Sus palabras sobre la magia de viajar, sobre la importancia de contar historias auténticas, sobre la conexión entre culturas a través de la mirada de una cámara... todo resonaba en ese salón con una fuerza inesperada.

Al terminar, el aplauso fue largo, cálido, genuino.

Luego vinieron las preguntas. Y luego, los acercamientos. Colegas que querían conocerla, intercambiar tarjetas, proponer colaboraciones. Representantes de revistas de viajes que elogiaban su estilo. Incluso un profesor universitario que quería usar sus crónicas en sus clases de periodismo.

Julieta se sintió... honrada. Profundamente honrada.

No solo por el trato respetuoso, no solo porque su voz fue escuchada con atención y su experiencia valorada como un tesoro. Sino porque en ese momento, rodeada de desconocidos que la admiraban por lo que era y lo que había construido, recordó quién era.

No era solo la niña que esperaba a Min Ho en los columpios. No era solo la adolescente que guardaba sus notas en un cajón. No era solo la mujer que aún llevaba su anillo al cuello.

Era Julieta Pacheco. La bloguera de viajes. La contadora de historias. La que había convertido su pasión en profesión y su profesión en una vida entera.

Y esa vida, se dio cuenta con una claridad luminosa, era valiosa con o sin él.

Salió de la conferencia con una sonrisa auténtica, de esas que nacen desde adentro. El reconocimiento profesional no borraba las preguntas, no calmaba la esperanza ni apagaba la brasa. Pero le recordaba algo esencial: ella no estaba en Seúl solo por él. Estaba en Seúl, también, por ella misma.

Cada noche caía rendida en la cama del hotel, con las piernas doloridas y la mente llena de imágenes hermosas. Pero también, cada noche, antes de dormir, sus dedos buscaban instintivamente el anillo que llevaba al cuello, y su mente volaba hacia una pregunta que no la dejaba en paz: *¿Dónde estás, Min Ho? ¿Piensas en mí?*

Al cuarto día, mientras compartían un té en una pausa de la grabación, Julieta notó algo diferente en su acompañante.

Shin Hye estaba más callada de lo usual. Su mirada se perdía en el horizonte con una frecuencia inusual, y una sonrisa boba amenazaba con aparecer en sus labios cada pocos minutos, solo para ser reprimida de inmediato. Julieta la observó con preocupación creciente.

—Shin Hye —dijo, inclinándose hacia ella—, te ves agotada. Y distraída. Lo siento mucho, de verdad. Lamento haberte hecho trabajar tan duro estos días. No sabes cuánto agradezco tu esfuerzo, pero si necesitas descansar...

—¡Ni lo menciones! —la interrumpió Shin Hye con energía, agitando las manos—. Por favor, no te preocupes. Para mí es un placer, de verdad. Cada minuto ha sido maravilloso.

Hizo una pausa, y entonces su expresión cambió. La sonrisa boba que había estado conteniendo se liberó por completo, iluminándole el rostro.

—La verdad es que estoy un poco cansada y distraída —confesó, bajando la voz como si compartiera un secreto de Estado—. Es que... el chico que me gusta me invitó a salir el sábado.

Julieta sintió que una oleada de ternura le invadía el pecho. Qué lejano se sentía ya ese nerviosismo, ese mariposeo de los primeros amores. Y sin embargo, qué cerca.

—¡Shin Hye! —exclamó, con una sonrisa genuina—. ¡Eso es maravilloso! ¿Y estás nerviosa?

—¡Sí! —confesó la joven, llevándose las manos al pecho—. Soy un manojo de nervios. No sé qué ponerme, no sé qué decirle, no sé nada. Llevo tres días sin dormir bien.

Rieron juntas, cómplices en esa confesión universal. Luego, Shin Hye bajó aún más la voz, como si lo que iba a decir requiriera el más absoluto de los secretos.

—Y te digo otra cosa, Yuly. Me siento muy honrada. Muy honrada de verdad.

—¿Por qué? —preguntó Julieta, curiosa.

—Porque aunque So Keun Suk es el encargado oficial de atender a las personalidades importantes —explicó Shin Hye—, fue el Director General quien me eligió personalmente para asistirte a ti.

El mundo se detuvo.

Julieta sintió que el corazón le daba un vuelco tan brusco que por un momento temió que se notara desde fuera. Contuvo la respiración, luchando por mantener la expresión neutral, por no delatar el terremoto que acababa de desatarse en su interior.

—¿El Director General? —preguntó, y su voz sonó extrañamente calmada, casi indiferente—. ¿Quién tomó esa decisión?

Shin Hye asintió, ajena por completo a la tormenta que sus palabras habían provocado.

—El mismo Director Park —confirmó—. Keun Suk estaba encantado con tu fotografía cuando llegó tu expediente. No paraba de decir lo bella que eras, lo interesante que parecía tu trabajo... incluso creo que se enamoró al instante. Es un poco así, ya sabes, muy apasionado.

Julieta sintió un escalofrío.

—Pero el Director fue muy claro —continuó Shin Hye—. Dijo que merecías una atención muy especial, que no eras una invitada cualquiera, y que yo era la más indicada para asistirte. Keun Suk se quedó con las ganas, pobrecito.

Las palabras resonaron en el aire como campanadas.

Merecías una atención muy especial. No eras una invitada cualquiera. Yo era la más indicada.

Julieta forzó una sonrisa, una sonrisa que esperó fuera creíble.

—Y para mí —dijo, con sinceridad—, fuiste la mejor elección, Shin Hye. De verdad. No podría haber pedido mejor compañera.

—Gracias, Yuly —respondió la joven, visiblemente emocionada—. Eres muy dulce.

Pero una vez a solas en su habitación del hotel, las palabras de Shin Hye resonaron en su mente como un eco insistente, imposible de ignorar. Julieta se sentó en el borde de la cama, mirando la ciudad nocturna a través del ventanal. Seúl brillaba abajo, un mar de luces infinitas, pero ella no veía nada de eso. Su mente repasaba una y otra vez la conversación.

Había viajado lo suficiente en su vida. Había conocido a suficientes hombres en conferencias, eventos, rodajes. Reconocía el patrón a la perfección: hombres como Keun Suk, galantes, apasionados, ambiciosos, siempre buscaban acercarse a ella. No era arrogancia, era simple observación. Ocurría con frecuencia.

Que Min Ho hubiera intervenido personalmente para evitarlo... No podía ser una casualidad. No. Era demasiado específico. Demasiado deliberado.

Una chispa diminuta, peligrosa y esperanzadora, se encendió en su pecho. Pequeña al principio, como una brasa que aún humea después de un incendio. Pero fue creciendo, alimentándose de cada recuerdo, de cada mirada robada en el pasado, de cada palabra no dicha.

¿Sería posible?

¿Podría ser que, en el fondo, no la había olvidado por completo?

¿Y que esos celos silenciosos —porque solo los celos explicaban una intervención tan personal— fueran la verdadera razón detrás de su fría fachada?

Julieta se llevó una mano al pecho, donde el anillo de graduación descansaba contra su piel, caliente ya de tanto contacto.

Una sonrisa temblorosa, mezcla de esperanza y miedo, se dibujó en sus labios.

Min Ho... ¿qué estás haciendo? ¿Qué juego es este?

Pero en el fondo, muy en el fondo, otra pregunta bullía con más fuerza:

¿Y si todavía...?

No se atrevió a terminar la frase.

Pero la brasa siguió ardiendo, calentándole el pecho toda la noche.

15

El viernes trabajaron dentro de las instalaciones de la televisora, capturando la esencia del trabajo profesional del equipo. Julieta insistió en filmar en el departamento de Relaciones Públicas; no solo era un área dinámica, sino que quería asegurarse de que Shin Hye apareciera en el reportaje. Y, por supuesto, también a Keun Suk, cuyo rostro de modelo sin duda haría suspirar a sus seguidoras.

Al mediodía, una noticia corrió como la pólvora por el departamento: la Dirección General invitaba a todo el personal a una cena especial en agradecimiento por el excelente trabajo de la Srta. Julieta Pacheco.

Ya en su habitación del hotel, mientras se arreglaba con esmero, una pregunta insistente rondaba la mente de Julieta: *¿Se dignaría a aparecer el importante Sr. Park?*

Nunca se había engañado acerca de sus sentimientos, y no iba a empezar ahora. Pero esa verdad —áspera, constante y dolorosa— era una carga que solo ella llevaba. Nadie tenía por qué saberla, y mucho menos él, después de tantos años de olvido e indiferencia. Su papel era claro: debía proyectar la imagen de una mujer exitosa para quien él no había sido más que un capricho adolescente, un simple borrón en el mapa de su vida. Una anécdota sin importancia.

Aunque la verdad fuera otra. Aunque la verdad fuera un latido obstinado que se aceleraba con solo imaginar su proximidad.

¿Para qué humillarse? Lo que su corazón guardaba —o creía haber superado— era un asunto estrictamente personal. Un territorio privado donde solo ella tenía acceso.

Y lo amaba. Ese era el núcleo de todo, el secreto a voces que solo ella escuchaba. La mera posibilidad de estar cerca de él, aunque fuera una sola noche, hacía que su pulso se agitara y el mundo ganara una nitidez distinta. Precisamente por eso, cada detalle de su arreglo fue una decisión calculada. Esa noche, Julieta no solo lucía bella; encarnaba una elegancia serena y una confianza seductora que sabía, sin lugar a dudas, que podían ser letales.

Shin Hye pasó por ella a la hora acordada y, al verla salir del elevador, no pudo contener una exclamación:

—¡Yuly, estás preciosa! Creo que vamos a tener que amarrar a los chicos de Relaciones Públicas; se van a volver locos cuando te vean.

Julieta rio, disfrutando del halago.

—Gracias, Shin Hye. Siempre sabes qué decir.

Al llegar al restaurante, a Julieta le robó el aliento. Era un lugar exquisito, con una vista espectacular hacia la ciudad bañada en luces. La mayoría de los invitados ya estaban presentes, y en cuanto la vieron entrar, un grupo de jóvenes se acercó solícito a saludarla. Shin Hye se inclinó y le susurró al oído:

—¿Ves? Te lo dije. Y espera a que te vea Keun Suk. Como si lo hubiera invocado con sus palabras, él apareció de pronto y, con tono autoritario y teatral, anunció:

—¡Todos a sus lugares! ¡Cómo se atreven a acosar a nuestra invitada de honor! ¡Fuera de aquí!

Luego, cambiando por completo a un tono caballeroso y suave, se dirigió a ellas:

—Yuly, Shin Hye... ¿Me concederían el honor de acompañarlas a su mesa?

—Gracias, Keun Suk —aceptó Shin Hye, divertida—. Hoy estás más atento que de costumbre.

—La ocasión lo merece, querida amiga.

Al guiarlas a la mesa, Keun Suk desplegó toda su galantería. Con un gesto elegante, retiró la silla de la cabecera para Julieta, asegurándose de que estuviera perfectamente colocada antes de que ella se sentara. Luego, con naturalidad, hizo sentar a Shin Hye a su derecha y ocupó él el lugar a su izquierda. A partir de ese momento, Julieta no dejó de reír.

La combinación de simpatía y apostura de Keun Suk era simplemente irresistible. Tenía ese don de contar anécdotas con gracia, de mirar a los ojos cuando hablaba, de hacer que quien lo escuchaba se sintiera la persona más interesante del mundo. Shin Hye también se sumaba a las bromas, formando un triángulo de complicidad que hacía fluir la velada con una facilidad asombrosa.

Por primera vez en días —quizás por primera vez desde que pisó Seúl—, Julieta se permitió relajarse y disfrutar del momento. Sin pensar en él. Sin buscar su mirada en cada esquina. Sin preguntarse dónde estaría o si recordaría.

Simplemente, riendo. Pero entonces...

Un silencio repentino cayó sobre la sala como un manto invisible. Las conversaciones se apagaron una a una, como velas que alguien sopla en la oscuridad. Luego, el sonido de sillas al ser desplazadas, un rumor sincronizado de madera contra el suelo, anunció lo que sus ojos aún no veían.

Todo el personal se puso de pie en una respetuosa y sincronizada reverencia. Julieta, por puro instinto de imitación, también se levantó. Y entonces lo vio.

Park Min Ho avanzaba hacia la mesa con su impecable porte, dueño absoluto de cada paso, de cada mirada, de cada respiración contenida a su paso. El traje negro le sentaba como una segunda piel, y la luz del restaurante parecía buscar deliberadamente los ángulos perfectos de su rostro para acariciarlos.

Tomó asiento en el extremo opuesto de la mesa. Justo frente a ella.

El lugar vacío que Julieta no había querido mirar durante toda la cena, el lugar que había evitado con la mirada, ahora estaba ocupado por él. El Gerente de su área se sentó a su izquierda, pero Julieta no veía a nadie más.

Solo a él.

Min Ho dirigió unas palabras en coreano al grupo —ese idioma que ella no entendía pero que, en sus labios, sonaba a poesía antigua—, y todos, con sonrisas de complicidad, asintieron y retomaron sus lugares. Julieta se dejó caer en su silla con la mayor naturalidad que pudo fingir.

Entonces, cambiando al inglés con una fluidez perfecta, agradeció a todos su asistencia. Habló del éxito del congreso, del trabajo en equipo, de la importancia de las colaboraciones internacionales.

Y finalmente, su mirada se posó en ella.

—Quiero agradecer de manera especial a nuestra invitada, la señorita Julieta Pacheco —dijo, y su voz grave llenó el espacio—. Su visita ha sido un honor para nuestra compañía. La excelencia de su trabajo, la calidad de sus crónicas y la calidez de su presencia han dejado una huella imborrable en todos nosotros.

Las palabras eran profesionales. Correctas. Impecables. Pero la voz...

La voz era otra cosa.

Julieta, desde el otro lado de la mesa, asentía con una aparente atención profesional. Inclinaba la cabeza en los momentos adecuados, esbozaba una sonrisa cortés cuando correspondía. La máscara funcionaba a la perfección. Pero la realidad era mucho más profunda.

Se estaba dejando embriagar por el tono grave y familiar de su voz. Esa vibración que le penetraba en los oídos como la melodía más dulce que su corazón había guardado en secreto durante todos esos años. La misma voz que una vez, en un susurro junto a su oído, le había confesado un "Saranghae" que aún resonaba en su alma como el primer día.

Cada palabra de él era una caricia. Cada pausa, una herida. Cada inflexión, un recuerdo.

Y entonces, ocurrió.

Julieta vio cómo Min Ho se levantaba de su silla con una lentitud deliberada. Sin apartar su mirada de ella —como si existiera un hilo invisible que uniera sus pupilas—, comenzó a avanzar en su dirección. El tiempo se estiró como chicle.

El corazón de Julieta se alojó en su garganta, latiendo con tanta fuerza que temió que todos en la sala pudieran escucharlo. Una voz interna gritaba en silencio, desesperada:

¿Qué quieres? ¿Por qué te acercas? ¿No ves que con tu sola presencia haces trizas toda mi guardia? ¿No ves que me cuesta tanto mantener esta fachada?

Pero él siguió avanzando.

Un impulso instintivo, más fuerte que su orgullo, más poderoso que su razón, la hizo ponerse de pie antes de que su mente pudiera procesar lo que hacía. Sus cuerpos, separados por apenas un metro de distancia, creaban una corriente invisible que ningún otro en la sala podía sentir.

El Gerente de Relaciones Públicas se acercó entonces, portando dos objetos. Alcanzó al Director una hermosa placa de cristal tallado con letras doradas que brillaban bajo las luces del restaurante. Luego, un cuadro con un marco de plata finamente labrado que certificaba el reconocimiento de la empresa por su invaluable labor.

Min Ho los tomó con una solemnidad que detuvo el tiempo.

Y entonces, utilizando ambas manos —el gesto más respetuoso en la cultura coreana—, se los entregó a Julieta.

Ella los recibió con una sonrisa serena y profesional. La máscara perfecta. La mujer exitosa que había dado conferencias, que había viajado por el mundo, que no se derrumbaba ante nada.

Pero por dentro...

Por dentro era un cataclismo.

Lo tenía tan cerca. Demasiado cerca.

Podía sentir su altura imponente, que la hacía sentirse pequeña y vulnerable de una manera que ninguna otra cosa en el mundo lograba. Podía respirar aquel olor delicioso —ese aroma amaderado, limpio, tan suyo— que su memoria había guardado como un tesoro durante todos esos años. Estaba ahí, en cada inhalación, despertando recuerdos que creía enterrados.

Y entonces, cuando sus dedos rozaron los de él al tomar los obsequios...

Una descarga eléctrica. Silenciosa. Potente. Arrasadora.

Le recorrió todo el cuerpo como un latigazo, desde la punta de los dedos hasta la raíz del cabello, bajando por la columna, estallando en el pecho. Un eco potente de una conexión que los años no habían logrado erosionar, que la distancia no había podido debilitar, que el silencio no había conseguido apagar.

Sus ojos se encontraron por una fracción de segundo.

Solo una.

Pero en esa fracción, Julieta vio algo que le heló la sangre y le incendió el alma al mismo tiempo.

Allí, detrás de la máscara de Director General, detrás de la frialdad profesional, detrás de los años de separación... allí seguía él. Su Min Ho.

El mismo que la miraba en los columpios. El mismo que le deslizaba notas en la mano. El mismo que le dijo *saranghae* antes de irse.

Y entonces, la fracción de segundo terminó.

Min Ho retiró las manos con una inclinación de cabeza, tan breve como distante. Dijo algo en coreano al grupo —quizás una despedida, quizás una instrucción— y se dio la vuelta.

Julieta se quedó allí, de pie, sosteniendo los obsequios, sonriendo, asintiendo, siendo la profesional perfecta.

Pero sus dedos, los que habían rozado los de él, aún ardían.

Y su corazón, ese órgano terco y rebelde, latía al ritmo de una sola palabra:

Saranghae.

Y en ese instante, bajo el peso de las miradas y el destello cegador de los flashes, el mundo entero se desvaneció. Solo existían los ojos oscuros de Min Ho clavados en los suyos y el eco atronador de su propio corazón, latiendo con la fuerza desesperada de un pasado que se negaba a morir.

Ay, no, suplicó para sus adentros, sintiendo con pánico cómo toda la fortaleza que había construido durante años se desmoronaba en un instante, convertida en polvo por su mera presencia.

16

Cuando terminó la entrega de reconocimientos y todos regresaron a sus lugares, se sirvió una exquisita cena. Los platos tradicionales coreanos se sucedían en la mesa, una explosión de colores y aromas que Julieta observaba con curiosidad y cierto temor.

Keun Suk, en su papel de anfitrión encantador, se propuso entonces una misión: enseñarle a usar los palillos.

—No es difícil —aseguró con una sonrisa confiada—. Mira, solo tienes que ponerlos así...

Pero resultó que sí era difícil. O al menos, lo era para Julieta, que entre risas nerviosas veía cómo los palillos se le escapaban de los dedos una y otra vez. Keun Suk reía con ella, acercándose para corregirle la posición, rozando sus manos con una naturalidad que a cualquiera le habría parecido inocente.

—Así no, así no —decía, mientras sus dedos guiaban los de ella—. Relaja la muñeca, Yuly.

La escena era de una complicidad inocente. Shin Hye los observaba divertida, animando a Julieta con palabras de aliento. Las risas fluían, la tensión de la cena formal se disipaba, y por un momento, todo era ligero y fácil.

Hasta que Julieta alzó la vista.

Y se encontró con la mirada de Min Ho.

No era una simple mirada. No era curiosidad, ni atención pasajera. Era un reproche silencioso, cargado de una intensidad que le cortó la respiración de golpe. Sus ojos oscuros, fijos en la escena que se desarrollaba a su lado, brillaban con algo que parecía... ¿celos? ¿Dolor? ¿Ira contenida?

Julieta sintió que el aire se le escapaba de los pulmones.

¿Qué derecho tienes? pensó, con una mezcla de rabia y desconcierto. *¿Qué derecho tienes a mirarme así?*

Pero a pesar de todo, a pesar del orgullo y los años de abandono, un instinto profundo, más antiguo que su coraje, la llevó a buscar una tregua. No podía soportar ese peso en su mirada.

—¿Puedes enseñarme tú, Shin Hye? —pidió, desviando la atención de Keun Suk con una sonrisa fingida—. Keun Suk solo me hace reír y no me explica bien. Con él no avanzo.

Keun Suk se llevó una mano al pecho en un gesto teatral de fingido dolor, haciendo reír a Shin Hye. La joven coreana, feliz de poder ayudar, se inclinó hacia Julieta y comenzó a explicarle con paciencia el sencillo truco que ella había aprendido desde pequeña.

—Mira, Yuly, es como si sostuvieras un huevo... así, con suavidad, sin apretar demasiado...

Con la paciente guía de su amiga, Julieta descubrió por fin la técnica. Sus dedos encontraron la posición exacta, la presión adecuada. Y entonces, con una concentración absoluta, logró por primera vez llevarse un bocado a la boca usando los palillos.

—¡Lo logré! —exclamó, con una alegría genuina que iluminó su rostro.

Shin Hye aplaudió. Keun Suk la felicitó con una palmada en el hombro. Todo era risas y celebración.

Y entonces, algo satisfecha, orgullosa de su pequeño triunfo, Julieta alzó la mirada.

Sintió que una mano invisible le apretaba el corazón.

Allí, al otro lado de la mesa, los ojos de Min Ho seguían clavados en ella. Pero ya no había reproche en ellos. Ya no había celos ni intensidad dolorosa.

Había una sonrisa tenue en sus labios. Una sonrisa pequeña, casi imperceptible, pero que a ella le resultó tan familiar como su propia respiración. Era la misma sonrisa que él le dedicaba en los columpios, cuando ella decía algo que le gustaba. La misma que aparecía en sus labios cuando le deslizaba un sobre en la mano.

Y esa sonrisa parecía decir: «*Te entiendo. Sé por qué lo hiciste*».

Julieta sintió que se quedaba sin aire.

¿Por qué me miras así? pensó, sintiéndose desnuda ante esa expresión, vulnerable como no lo había estado en años. *¿No sabes lo que provocas en mí? ¿No sabes que con esa sonrisa derribas cualquier muro que intente construir?*

Hizo una pausa mental, y la verdad emergió, implacable:

O quizá sí lo sabes. Quizá siempre lo supiste. Porque aún puedes leer en mis ojos todo el amor que te tengo. Porque por más que intente ocultarlo, por más que mi orgullo levante barreras, la luz de este sentimiento es como una cascada desbordada, un río de miradas que se niega a ser contenido.

Bajó la vista hacia su plato, aturdida, desarmada.

Durante el resto de la cena, la sensación de ser observada por él fue una caricia constante. Pero una caricia que quemaba.

Cada vez que bajaba la mirada hacia su plato, sentía el peso de la de él, un imán insistente que trataba de atraparla. Cada vez que reía con un comentario de Keun Suk, sabía, sin necesidad de mirar, que él estaba observando. Cada vez que Shin Hye le susurraba algo al oído, percibía la intensidad de aquellos ojos oscuros fijos en ella.

Era un juego peligroso.

Por un lado, su piel se erizaba ante la atención que siempre había anhelado. Porque sí, después de todo, después de todos los años y todo el dolor, una parte de ella —esa parte que nunca había dejado de amarlo— recibía cada mirada como agua en el desierto.

Pero por el otro, su orgullo se rebelaba. Cada segundo de esa vigilancia se convertía en un recordatorio de su abandono. Cada mirada era una pregunta sin respuesta: *¿Por qué entonces? ¿Por qué ahora?*

Ella, sin embargo, no le correspondió.

No desvió su sonrisa hacia él cuando Keun Suk bromeaba. No permitió que sus ojos se encontraran de nuevo con los suyos. Se mantuvo en su burbuja, riendo con sus amigos, fingiendo que no sentía el peso de su atención.

¿Por qué habría de hacerlo? pensó, con una determinación feroz. *¿Qué derecho tiene él a reclamar mi atención ahora, después de todos esos años de silencio?*

Recordó las noches en vela, esperando una llamada que nunca llegó. Los días revisando el correo, buscando una línea, una palabra, una explicación. Las veces que había sacado el anillo de debajo de su blusa para mirarlo y preguntarle, como si el metal pudiera responder.

La Julieta adolescente que lo esperó noche tras noche en el balcón había muerto de inanición, alimentada solo por migajas de recuerdos. Se había consumido lentamente, día tras día, hasta que no quedó nada de ella.

La mujer en la que se había convertido se forjó en la fragua de su ausencia. Se construyó a sí misma con las cenizas de esa niña, ladrillo a ladrillo, lágrima a lágrima, viaje a viaje. Y no iba a permitir que una mirada, por intensa que fuera, derribara con tan poco esfuerzo la fortaleza que le había costado una década construir.

Él no había tenido la decencia de darle una sola explicación. Ni una llamada. Ni una línea en un correo electrónico. Su partida había sido un juicio sin apelación, y su silencio, la sentencia.

Ahora, cualquier gesto de acercamiento tendría que ser merecido. Cualquier palabra tendría que ser ganada con esfuerzo. Cualquier explicación tendría que ser tan enorme como el dolor que había causado.

Y hasta ahora, él no había hecho nada para merecerlo.

Excepto mirarla. Excepto sonreírle como si el tiempo no hubiera pasado. Excepto hacerle sentir, con una sola mirada, que quizás... quizás su dolor tampoco había sido fácil para él. Pero eso no era suficiente. No aún.

Al finalizar la velada, cuando los postres ya habían sido servidos y el café humeaba en las tazas, alguien propuso continuar la celebración en un karaoke.

La idea fue recibida con un entusiasmo general. Los empleados coreanos, que durante la cena habían mantenido una compostura profesional, se animaron de inmediato. Los ojos brillaban, las sonrisas se ampliaban, y los comentarios en coreano volaban de un lado a otro con una energía nueva.

Y entonces, todos volvieron su mirada hacia el Director General.

—Director Park, ¿nos acompañará? —preguntó alguien, con esa mezcla de respeto y esperanza con que se pide un favor especial.

Min Ho los observó un momento, con la calma que lo caracterizaba. Luego, muy despacio, posó su mirada en Julieta.

—Los acompañaré con mucho gusto —respondió, y su voz grave resonó en el silencio que se había creado—... si la señorita Pacheco acepta ir.

Todas las miradas se volvieron hacia ella.

Julieta sintió que el corazón se le aceleraba. Era una propuesta que no podía rechazar —sería una descortesía imperdonable—, pero también, en el fondo, era una que no quería rechazar.

—Será un placer, Sr. Park —respondió, manteniendo la sonrisa profesional.

Pero por dentro, una tormenta se desataba.

Julieta salió del restaurante sumergida en la burbuja de alegría que formaban Shin Hye y Keun Suk. Los dos jóvenes reían y bromeaban, contagiándole su entusiasmo, y por un momento, logró distraerse de la tensión que le oprimía el pecho.

Sus risas eran un escudo. Un refugio momentáneo contra la conciencia de que él estaba cerca, de que sus ojos probablemente la seguían observando.

Caminaban hacia la calle, hacia los coches que los esperaban. El grupo se dispersaba, cada uno buscando su vehículo, cuando de pronto...

Una mano firme y suave se cerró alrededor de su brazo, por encima del codo. El contacto fue eléctrico.

No fue un gesto brusco. No fue violento ni repentino. Fue un agarre poseído de una certeza absoluta, como si su dueño tuviera el derecho indiscutible —casi divino— de reclamarla. Como si todos esos años de separación no hubieran existido y su mano siguiera teniendo la autoridad natural para guiarla.

Sin mediar palabra, sin una sola explicación, la presión en su brazo la guio con determinación, apartándola del grupo como si cortara un hilo invisible que la unía a ellos.

No fue una sugerencia. Fue un hecho consumado.

Julieta sintió que los pies se le movían solos, siguiendo el tirón suave pero inapelable de esa mano. Su mente, aturdida por la sorpresa y una curiosidad profunda que pudo más que su orgullo, se rindió a la inevitabilidad del momento.

No opuso resistencia. No podía. No quería.

Sus pasos siguieron los de él —porque sabía, con una certeza que no necesitaba confirmación, que era él— hacia un lujoso automóvil negro que esperaba con el motor encendido. Era tan imponente y pulcro como el hombre que la conducía: líneas elegantes, brillo impecable, una presencia silenciosa y poderosa que imponía respeto.

Un chófer, inmóvil como una estatua, abrió la puerta trasera con una reverencia.

Julieta se detuvo un instante frente a la abertura. Antes de inclinarse para entrar, su mirada buscó por un momento el reflejo de las luces de la ciudad en la pintura lustrosa. Como buscando una última conexión con el mundo exterior, con la realidad de la que estaba siendo arrancada.

Luego, tomó asiento en la fría butaca de cuero.

El corazón le dio un vuelco tan violento que le robó el aliento.

La puerta opuesta se abrió. La figura alta y familiar de Min Ho se deslizó hacia dentro, acomodándose a su lado con una naturalidad que resultaba casi insultante.

La puerta se cerró con un golpe sordo, definitivo.

De repente, el espacio —que era amplio, lujoso, diseñado para el confort— se volvió asfixiantemente pequeño.

El aire se espesó. Se cargó con el peso de mil palabras no dichas, de años de silencio, de una pregunta que resonaba en el espacio reducido, tan alta como un grito aunque nadie la pronunciara: *¿Por qué?*

La intimidad forzada era eléctrica, palpable. Cada centímetro que separaba sus cuerpos parecía vibrar con la historia que los unía y la distancia que los había separado. Podía sentir el calor de él a través del espacio, podía percibir su respiración, podía casi escuchar los latidos de su corazón.

Él estaba allí. A solo un suspiro de distancia.

Y el pasado, enorme e ineludible, llenaba cada rincón del lujoso automóvil, acumulándose como una tormenta a punto de estallar.

El coche se puso en movimiento, deslizándose silenciosamente por las calles iluminadas de Seúl.

Y Julieta, con el corazón en la garganta y el alma en vilo, esperó.

Esperó a que él rompiera el silencio.

Esperó a que le explicara lo inexplicable.

Esperó a que, por fin, después de tanto tiempo, dijera algo.

Cualquier cosa.

17

Catorce años.

Catorce años de ausencia, de preguntas sin respuesta, de un vacío que ninguna conquista profesional, ningún viaje, ningún logro había logrado llenar. Catorce años desde aquella despedida en el jardín, desde aquel beso que supo a primero y último, desde aquel "saranghae" susurrado al oído que se le había grabado en el alma como una marca de fuego.

Y ahora, él estaba aquí.

A su lado. En la intimidad del automóvil. Tan cerca que podía sentir el calor de su cuerpo, percibir el aroma de su piel, escuchar su respiración en el silencio.

Le parecía un espejismo. Una cruel y maravillosa ilusión de la que temía despertar en cualquier momento, como si todo fuera a desvanecerse con un parpadeo.

Su mente era un torbellino. Recuerdos y reproches se arremolinaban sin orden, sin control. Las tardes en los columpios. Los sobres de papel. El beso en su fiesta de quince. La noche de graduación. El vacío después. Las noches en vela. Las cartas nunca escritas. Las llamadas nunca hechas.

Pero su voz... su voz parecía haberse escondido en lo más profundo de su ser, negándose a salir, paralizada por el miedo y la confusión.

¿Qué se le dice al fantasma que ha habitado tus sueños durante casi la mitad de tu vida?

¿Qué palabras existen para ese momento?

El silencio se alargaba, denso, pesado, cargado de todo lo que no se atrevían a decir.

Hasta que él lo rompió.

Y sus palabras, en un español perfecto que le dio en el blanco del corazón, la desarmaron por completo.

—Julieta —dijo, y su nombre en sus labios sonó igual que siempre, como una caricia, como un hogar—, estás dolida por mi frío recibimiento. ¿Verdad?

La pregunta era un dardo directo. Una flecha disparada con puntería infalible que atravesó todas sus defensas.

En un instante, un torrente de preguntas ahogadas por los años quiso salir a la superficie, desbordarse, romper el dique que había contenido aquel océano de dolor durante tanto tiempo.

¿Por qué nunca me escribiste?

¿Cómo pudiste borrarme tan fácilmente de tu vida?

¿Por qué tu mirada en el aeropuerto me traspasó como si fuera una extraña, como si no hubiéramos compartido todo?

¿Sabes cuántas noches lloré preguntándome qué hice mal?

¿Sabes cuántas veces saqué tu anillo de debajo de mi blusa para pedirle respuestas que nunca llegaban?

Quería gritarle que su amor nunca se había extinguido, que su recuerdo era la sombra constante de sus días, que su partida le había arrancado un pedazo del alma que aún no había logrado recuperar. Necesitaba hablar, desahogarse, liberar todo ese peso que había cargado en soledad.

Pero entonces...

El orgullo levantó la cabeza. El miedo a la vulnerabilidad, a mostrarse débil, a entregarle el poder de volver a herirla, endureció su corazón como el acero.

Con una frialdad que no sentía —que jamás podría sentir estando tan cerca de él—, respondió:

—No, Sr. Park. Al contrario, estoy agradecida por las amables atenciones que he recibido.

Las palabras cayeron como losas entre ellos.

Él la miró un instante, y algo en sus ojos se quebró. Pero no se rindió. Nunca se había rendido con ella.

—Julieta —insistió, y su voz comenzó a perder esa compostura impecable que había mantenido durante toda la cena—, te ruego que me disculpes. Comprende que las costumbres en mi país son muy distintas. Existen ceremoniosos formulismos que, en mi posición, estoy obligado a respetar.

Ella mantuvo la mirada fija al frente, en el asiento del conductor, en la noche que pasaba tras la ventanilla. En cualquier sitio que no fuera él.

—No tengo nada que disculpar, Sr. Park —repitió, mecánicamente, como un disco rayado.

Fue entonces cuando él se acercó.

El espacio entre ellos se evaporó por completo. Sintió el calor de su cuerpo antes de que la tocara, y luego sus manos —esas manos que tantas veces habían sostenido las suyas— envolvieron la de ella con una urgencia que la estremeció hasta los huesos.

Su tacto era a la vez firme y suplicante. Firme como si tuviera el derecho de reclamarla. Suplicante como si se estuviera ahogando y ella fuera su único aire.

—Por favor, Julieta...

Su voz, cargada de una desesperación genuina, se rompió en su nombre.

Y entonces ella lo miró. Realmente lo miró por primera vez desde que entró en ese coche.

Sus ojos, antes impenetrables, antes fríos y distantes, ahora mostraban una tristeza profunda. Una herida abierta que él no se molestaba en ocultar. Un dolor tan inmenso que parecía reflejar el suyo propio.

Fue esa mirada, no sus palabras, la que quebró su resistencia.

Porque en esos ojos, Julieta vio algo que no esperaba: no al Director General poderoso, no al hombre exitoso que había construido un imperio sin ella. Vio al chico de los columpios. Vio al adolescente que le deslizaba notas en la mano. Vio al joven que le dijo "saranghae" antes de irse, con la voz rota por el dolor de partir.

Vio a su Min Ho.

—Está bien, Sr. Park —cedió, sintiendo cómo una de sus barreras caía con un estruendo silencioso—. Ya quedó olvidado.

Mentira. No estaba olvidado. Nunca lo estaría. Pero era lo único que podía decir para que dejara de mirarla así, con esa desesperación que le partía el alma.

Él se inclinó un poco más. Sus rostros estaban tan cerca que ella podía contar sus pestañas, podía ver el latido de su pulso en el cuello.

Y entonces, su siguiente susurro fue un fantasma del pasado que regresaba para reclamarla.

—Me llamo Min Ho... —dijo, con una voz tan baja que era casi un secreto—. ¿Lo olvidaste?

Julieta sintió que el corazón se le detenía.

Min Ho.

Ese nombre. Ese nombre que había susurrado en sus noches de insomnio, que había escrito en diarios que nadie leyó, que había llamado en silencio durante catorce años.

Una sonrisa involuntaria, pequeña y cargada de nostalgia, asomó a sus labios. Era imposible fingir ante esa pregunta. Era imposible mantener la máscara cuando él la miraba así, cuando pronunciaba su nombre de esa manera, como si aún significara algo.

—No —susurró, rindiéndose por completo a la evidencia, a la verdad que había negado durante tanto tiempo—. No lo olvidé, Min Ho.

Nunca podría olvidarlo. Nunca. Aunque viviera cien años y viajara por todo el universo, tu nombre siempre sería el primero en mi corazón.

Por un momento que se sintió eterno, sus miradas se fundieron.

El tiempo dejó de existir. El coche dejó de moverse. Seúl, la noche, el mundo entero se desvaneció en una niebla irrelevante. Solo existían ellos dos, flotando en una burbuja donde el pasado y el presente se encontraban por fin.

Y en la profundidad de sus ojos, Julieta creyó ver un destello. Algo cálido, algo familiar, algo que había temido haber imaginado durante todos esos años.

La calidez que una vez había conocido.

La misma luz que él tenía cuando la miraba en los columpios, cuando le sonreía antes de deslizar un sobre en su mano, cuando la sostenía entre sus brazos en la pista de baile.

Una esperanza peligrosa, enorme, aterradora, comenzó a brotar en su pecho.

¿Sentirá algo aún por mí?

¿Será posible que, después de todo, yo tampoco haya sido capaz de olvidarlo?

¿Que su corazón, como el mío, también haya guardado este amor en secreto durante todos estos años?

No se atrevió a formular la pregunta en voz alta. El miedo era demasiado grande, la posibilidad de equivocarse demasiado dolorosa.

Pero la esperanza, una vez nacida, se negaba a morir.

Y allí, en el silencio del automóvil, con las manos aún entrelazadas y las miradas fundidas en una promesa antigua, Julieta esperó.

Esperó a que él dijera algo más.

Esperó a que confirmara o destruyera esa esperanza.

Esperó, con el corazón en vilo, a que el destino decidiera si aquel era el final de su historia... o el comienzo de algo nuevo.

Él fue quien, aparentemente cambiando de tema, rompió el hechizo.

Como si necesitara un respiro, como si la intensidad de ese momento hubiera sido demasiado incluso para él, Min Ho desvió la mirada un instante y, cuando volvió a hablar, su tono era más ligero, más casual.

—Espero que lo que has visto de Seúl haya sido de tu agrado —dijo, y había algo casi tímido en la pregunta, como si realmente le importara su respuesta.

Julieta parpadeó, agradeciendo internamente el respiro. Respiró hondo, recuperando el aliento que él le había robado.

—Me encantó —confesó, y esta vez no fue una respuesta profesional, fue sincera—. Es una hermosa ciudad que por las noches luce majestuosa. Y conocí algunos lugares que me impresionaron mucho.

Él asintió, una sonrisa pequeña asomando a sus labios. Parecía orgulloso, como si ella hubiera elogiado algo que le perteneciera.

—¿Ya conociste la Torre de Seúl?

Julieta negó con la cabeza.

—No, aún no. Hemos estado en algunas partes de la ciudad y sus alrededores, lugares turísticos, sets de filmación... pero Shin Hye me dijo que mañana iremos a la Torre. Es uno de los planes pendientes.

Hubo una pausa. Breve, pero cargada de algo que ella no supo identificar. Entonces, él habló.

—No —declaró, con una tranquilidad que no admitía réplica, con esa seguridad que solo él tenía para decir las cosas como si fueran hechos consumados—. Mañana yo te llevaré.

La alegría que la embargó fue tan intensa, tan repentina, que por un momento temió que se le escapara una exclamación, un gesto demasiado evidente. Tuvo que hacer un esfuerzo sobrehumano para disimularla, para mantener esa compostura que le había costado tanto construir.

Pero por dentro, una explosión de mariposas doradas revoloteaba en su pecho.

Con una serenidad que contrastaba violentamente con el festejo interno, y fingiendo no notar el tono autoritario de su invitación —ese "yo te llevaré" que sonaba más a decreto que a propuesta—, preguntó con una naturalidad estudiada:

—¿Debo avisarle a Shin Hye?

Era un último hilo de protocolo. Una forma de mantener la compostura, de no mostrar demasiado entusiasmo, de no rendirse por completo a la evidencia de que quería pasar tiempo con él.

Min Ho la miró, y en sus ojos bailaba una chispa de diversión. Como si supiera perfectamente lo que ella estaba haciendo. Como si la viera a través de esa máscara.

—Yo me encargo de todo —respondió, con una firmeza que sonaba a promesa, a declaración de intenciones—. No te preocupes por eso. No tienes que hacer nada, Julieta. Solo... déjame llevarte.

Solo déjame llevarte.

Tres palabras que, dichas por él, sonaban a mucho más.

Julieta asintió, sin fiarse de su voz.

18

El automóvil se detuvo suavemente en el corazón palpitante de la ciudad, donde la noche joven de Seúl cobraba vida con una energía arrolladora.

El contraste con el restaurante de lujo era abismal. Una cacofonía de luces de neón, música a todo volumen y risas despreocupadas inundaba la calle. Grupos de jóvenes entraban y salían de locales, las fachadas brillaban con colores imposibles, y el aire olía a comida callejera y diversión.

Al descender del coche, la energía era contagiosa. Julieta sintió que algo se relajaba en su interior, como si el bullicio la liberara de la tensión acumulada.

Entraron al karaoke y el espectáculo los recibió de inmediato. El grupo ya se había adueñado del lugar con la desfachatez de quien no tiene que pedir permiso. Mesas unidas formaban un gran círculo, las bebidas se acumulaban sobre la barra, y el ambiente era de fiesta despreocupada, de esas donde las jerarquías laborales se disuelven entre canciones y risas. Varias voces llamaron a Julieta en cuanto la vieron.

—¡Yuly, aquí! —gritó alguien desde una mesa.

—¡Ven, siéntate con nosotros! —coreó otro, con gestos exagerados y una sonrisa amplia.

—¡Te guardamos un lugar especial!

Julieta sonrió, halagada por el recibimiento. Dio un paso hacia ellos, dispuesta a sumergirse en esa burbuja de alegría.

Pero entonces, la voz de Min Ho, baja pero clara, rozó su oído como una caricia.

—Por favor, Julieta —dijo, y su aliento le acarició el cabello—. Quédate a mi lado.

Ella se detuvo en seco. No era una orden de Director General. No era una instrucción profesional ni un protocolo que cumplir. Era una petición personal, cargada de un anhelo tan genuino que traspasó todas sus defensas como si fueran de papel.

Quédate a mi lado. Cuatro palabras. Tan simples. Tan profundas.

Julieta comprendió, en ese instante, la profundidad de esa simple frase. No le estaba pidiendo que se sentara cerca por compromiso o por cortesía. Le estaba pidiendo que eligiera estar con él. Que, entre todas las opciones, todas las personas que la llamaban, todas las risas que la esperaban, lo eligiera a él.

Una sonrisa genuina y suave se dibujó en sus labios. De esas que nacen sin permiso, de esas que no se pueden fingir.

—Con mucho gusto, Sr. Park —respondió, y aunque usó el tratamiento formal, la mirada que lo acompañaba decía otra cosa.

Aceptaba la invitación a su espacio personal. A ese territorio íntimo que, en medio de la abarrotada sala, empezaba a sentirse como el único lugar donde realmente quería estar.

En cuestión de minutos, el caos alegre del karaoke se desató sin remedio.

Los jóvenes, liberados por fin de las ataduras de la jerarquía laboral, se lanzaron a la pista y a los micrófonos con un entusiasmo arrollador. Seleccionaban canciones a gritos, discutiendo sobre si era mejor una balada coreana o un éxito internacional. Algunos cantaban en solitario con una entrega tan dramática que resultaba cómica. Otros formaban dúos que, pese a las evidentes desafinaciones, se tomaban con una seriedad digna de un concurso profesional.

Y cuando sonaba un éxito mundial —de esos que todo el mundo conoce aunque no entienda la letra—, todos se levantaban a la vez, coreando a gritos, formando un coro gloriosamente desafinado que hacía temblar las paredes del local.

Min Ho y Julieta estaban sentados en un rincón ligeramente apartado, una pequeña isla de relativa calma en medio del torbellino. Y no podían contener la risa.

Él se había recostado en el sillón, con una pose relajada que Julieta no le había visto en todos esos días. Sus hombros, siempre tan tensos, parecían haber soltado una carga invisible. Y la miraba con una sonrisa tranquila, una sonrisa que ella recordaba de otra vida, de otro tiempo.

Ella, por su parte, se llevaba las manos al rostro, riendo sin pudor ante los intentos fallidos de Keun Suk por impresionar con una balada que claramente le quedaba grande. Shin Hye, desde el otro lado, la animaba a unirse, pero Julieta negaba con la cabeza, feliz en su rincón.

No se trataba de talento musical. No importaba quién cantaba bien o mal. Era la pura y simple alegría de la conexión humana. La complicidad de compartir un momento absurdo y maravilloso con personas que, hacía apenas una semana, eran completos desconocidos. La magia de reír juntos sin motivo, de dejarse llevar por la música y el momento.

Por primera vez desde su reencuentro, la tensión se disolvía por completo. Reemplazada por un calor familiar, antiguo, reconfortante. Un calor que le recordaba a las tardes en el parque, cuando el mundo era más simple y su corazón latía solo para él. A las risas compartidas en los columpios. A los silencios cómplices mientras veían el atardecer. A esa sensación de estar exactamente donde debía estar, con la persona con quien debía estar.

Julieta sintió que sus ojos se encontraban con los de él en medio del bullicio.

Y por un instante, todo desapareció. La música, las risas, las luces de neón. Todo se desvaneció. Solo quedó él. Solo quedó ella. Solo quedó esa sonrisa que compartían, igual que entonces, igual que siempre.

Min Ho inclinó ligeramente la cabeza, como si le dijera algo sin palabras. Y ella, sin necesidad de entender, supo que era lo mismo que ella estaba sintiendo.

Aquí estoy. Contigo. Como antes.

La canción terminó, y una ovación ensordecedora los sacó de su burbuja.

Julieta apartó la mirada, sintiendo las mejillas cálidas. Pero la sonrisa no se borró de su rostro en toda la noche.

Después de más de una hora de risas contagiosas y actuaciones deliberadamente dramáticas, el ambiente era tan relajado que varios empleados, con una mezcla de respeto y atrevimiento, se atrevieron a corear su petición: "¡Director! ¡Director!". Le rogaban que subiera a cantar.

Julieta, que durante todos esos días solo había conocido la faceta seria, ceremoniosa y distante de Min Ho, estaba segura de que declinaría el ofrecimiento con una negativa cortés. Era lo lógico, lo esperable. Los directores generales no cantaban en karaokes con sus empleados. No se prestaban a ese tipo de situaciones.

Pero para su absoluto asombro, una sonrisa amplia y desprevenida —de esas que no había visto en años, de esas que guardaba en el cofre de sus recuerdos más preciados— iluminó el rostro de Min Ho. Asintió.

Se levantó con una tranquilidad que no le conocía, una soltura en los movimientos que contrastaba con la rigidez de sus apariciones públicas. Y caminó hacia el pequeño escenario con la naturalidad de quien va a hacer algo que ama, algo que le pertenece en lo más íntimo.

Tomó el micrófono. Sus dedos, largos y elegantes, lo sostuvieron con familiaridad. Y entonces, comenzó a cantar. En coreano. Desde la primera nota, Julieta quedó paralizada. No era solo que cantara bien. No era solo que tuviera una voz agradable o que afinara correctamente. Era algo mucho más profundo, mucho más devastador. Era la transformación total del hombre que creía conocer.

Su voz, profunda y melodiosa, llenó cada rincón de la sala con una facilidad asombrosa. Pero no era solo la técnica. Era la emoción contenida que vibraba en cada palabra, en cada inflexión, en cada pausa. Una emoción tan genuina, tan palpable, que parecía tangible, como si pudiera extenderse y tocar a quien la escuchaba.

Las risas se silenciaron una a una. Las conversaciones se apagaron. Todos los presentes, empleados y amigos, quedaron cautivados por esa interpretación que trascendía lo profesional para convertirse en algo íntimo, casi sagrado.

Parecía un cantante profesional. Pero más que eso, parecía un artista que entregaba su alma en cada estrofa, que vaciaba su corazón en cada nota.

Y Julieta... Julieta sintió cómo, con cada nota, un hilo invisible tiraba de la suya. Cómo su alma, esa que había intentado proteger durante años, se desprendía de su pecho y flotaba hacia él, llevada por la corriente de esa melodía. Cómo los años de distancia, de silencio, de dolor, se deshacían en unos pocos compases, como azúcar en el agua.

Estaba hechizada. La melodía era tan hermosa, la emoción en su voz tan palpable, que una necesidad urgente, casi desesperada, se apoderó de ella: necesitaba entender. Necesitaba saber qué decían esas palabras que él pronunciaba con tanta entrega, con los ojos cerrados, como si estuviera reviviendo algo muy profundo.

Se giró hacia la mesa de al lado, donde Shin Hye seguía el ritmo con la cabeza, claramente emocionada también.

—Shin Hye —susurró, con urgencia—, por favor, ¿de qué trata la canción?

Su amiga se inclinó hacia ella, y sus ojos, cuando la miraron, brillaban con una luz especial, como si supiera que aquello era importante.

—Es una canción antigua y muy querida, Yuly —explicó en voz baja, casi un susurro para no interrumpir—. Muy famosa en Corea. Habla de un primer amor.

Julieta sintió que el corazón se le aceleraba.

—¿Un primer amor? —repitió, con la voz entrecortada.

Shin Hye asintió, y continuó:

—Habla de un hombre cuyo primer amor echó raíces tan profundas en su corazón que, aunque la mujer se marchó de su vida, él jamás pudo olvidarla. Pasaron los años, pasaron las estaciones, pero ella siguió viviendo en él. Y la canción es su promesa... su promesa de amarla en silencio, desde la distancia, para siempre.

Las palabras de Shin Hye cayeron sobre Julieta como un diluvio. Un diluvio de esperanza. Un diluvio de preguntas. Un diluvio de emociones que no podía controlar.

¿Un primer amor? ¿Una mujer que se marchó? ¿Años de distancia? ¿Una promesa de amor eterno en silencio?

Le agradeció a Shin Hye con una sonrisa temblorosa, una sonrisa que era todo lo que podía ofrecer en ese momento porque su voz se había quedado atrapada en la garganta. Y volvió la mirada hacia Min Ho.

Pero ahora sus ojos eran diferentes. Ahora estaban iluminados por una luz que creía muerta, enterrada, olvidada. Una ilusión que renacía de sus cenizas como el ave fénix.

¿Sería posible? ¿Estaría cantando para mí? ¿Éramos nosotros esa historia? ¿Es posible que él también...?

La pregunta quedó incompleta, porque la última nota se desvaneció en el aire, y el silencio que siguió fue tan profundo como la emoción que lo había precedido.

Y entonces, la sala estalló. Una ovación ensordecedora, una tormenta de aplausos y vítores, llenó cada rincón. Todos, absolutamente todos, se habían puesto de pie. Los empleados, orgullosos y emocionados, aplaudían a su Director con una admiración que iba más allá de lo laboral. Shin Hye saltaba en su asiento. Keun Suk silbaba con los dedos en la boca.

Min Ho, en el escenario, hizo una leve inclinación de cabeza, casi tímida, y regresó a su asiento con la misma tranquilidad con que había ido.

Cuando se sentó a su lado, Julieta lo miró. Aún conmovida, aún temblando por dentro, aún flotando en esa burbuja que la canción había creado. Y encontró la voz para decirle:

—Me ha sorprendido, Sr. Park. No sabía que cantara así... con tanta alma.

Hizo una pausa, tragó saliva, y se atrevió a más:

—Es la primera vez que lamento no entender coreano. Me habría gustado comprender cada palabra. Me habría gustado saber qué decía esa canción que cantó con tanta emoción.

Min Ho la miró fijamente. Y en sus ojos, oscuros y profundos como la noche, había un destello nuevo. Un brillo de complicidad, de secreto compartido, de algo que solo ellos dos podían entender.

—Tal vez algún día... —dijo, lentamente, como quien saborea cada palabra— usted aprenda coreano, señorita Pacheco.

El corazón de Julieta dio un vuelco. No era una respuesta. No era una explicación. Era una promesa velada. Una puerta que se abría hacia un futuro posible. Una invitación a seguir descubriendo, a seguir esperando, a seguir creyendo. Ella no pudo evitar sonreír. Una sonrisa amplia, genuina, que iluminó su rostro y que no intentó ocultar.

—Muy bien, Sr. Park —respondió, con un tono que mezclaba la broma y la esperanza—. Ahora ha convertido esa canción en un misterio que me atormentará. No podré dormir pensando en lo que decía.

Él iba a responder. Iba a decir algo más, algo que tal vez hubiera cambiado el curso de la noche, algo que quizás hubiera respondido a todas sus preguntas. Pero en ese momento...

Shin Hye y Keun Suk saltaron al escenario como dos adolescentes sin vergüenza. Agarraron los micrófonos y comenzaron a cantar una canción en inglés con una letra totalmente improvisada, absurda, disparatada. Se señalaban mutuamente con gestos exagerados, fingían reproches amorosos, se lanzaban miradas teatrales que eran tan cómicas que nadie podía mantener la seriedad.

Las carcajadas generales inundaron la sala, ahogando cualquier otra palabra, cualquier otro intento de conversación íntima. Julieta rio también, porque era imposible no hacerlo. Pero mientras reía, su mirada se encontró una vez más con la de Min Ho. Y en esa mirada cruzada en medio del caos, ambos supieron que algo había cambiado.

El secreto de la canción quedó guardado, por ahora, en el espacio íntimo que acababan de crear. En esa burbuja de dos que, a pesar del ruido y las risas, seguía intacta.

Mañana, pensó Julieta, mientras reía con sus amigos. *Mañana me llevará a la Torre. Mañana tal vez tenga respuestas.*

Pero en el fondo, ya no estaba segura de querer respuestas. Tal vez lo que quería era seguir descubriéndolo. Día a día. Momento a momento.

Como antes. Como siempre.

19

Media hora después de que la última nota de Min Ho se apagara en el aire, la celebración llegó a su fin natural.

Las canciones se habían sucedido, las risas habían llenado cada rincón, y el cansancio comenzaba a pesar en los cuerpos. Poco a poco, el grupo fue dispersándose, con abrazos de despedida y promesas de repetir.

A la salida del karaoke, entre la bulliciosa dispersión, Shin Hye se acercó a Julieta con una sonrisa comprensiva. Había algo en sus ojos, una mezcla de complicidad y complicidad, como si supiera más de lo que decía.

—¿Nos vamos, Julieta? —preguntó, señalando hacia la calle donde esperaban los coches.

Pero antes de que Julieta pudiera responder, una voz serena pero irrevocable se interpuso.

—Yo llevaré a la señorita Pacheco a su hotel.

Min Ho había aparecido a su lado con esa capacidad suya de materializarse sin hacer ruido. Su tono no admitía discusión, pero tampoco sonaba a orden. Era una declaración de hechos, simple y contundente.

Luego, se dirigió a Shin Hye con una cortesía impecable:

—Descanse este fin de semana, señorita Jun Shin Hye. Ha hecho un excelente trabajo. Se lo agradezco personalmente.

Shin Hye se inclinó en una respetuosa reverencia, pero cuando levantó la vista, sus ojos se encontraron con los de Julieta. Y en esa mirada cruzada en cuestión de segundos, hubo un mundo de significado.

"Disfruta. Aprovecha. Y luego me cuentas."

—Gracias, Sr. Director. Buenas noches —respondió, y antes de perderse entre la multitud, lanzó un último guiño cómplice a Julieta.

Julieta le devolvió una sonrisa de gratitud, sintiendo que en esa joven coreana había encontrado una aliada inesperada en esta aventura.

Luego, se giró hacia Min Ho. Y él, sin decir palabra, comenzó a caminar.

Caminaron los pocos metros que los separaban del automóvil. La noche envolvía Seúl en un manto de neón y misterio, y la brisa que soplaba era suave, casi una caricia.

Y entonces, en la penumbra acogedora, él buscó su mano.

Sus dedos se deslizaron entre los de ella con una naturalidad que resultaba casi irreal. Como si los años no hubieran pasado. Como si el tiempo no hubiera existido. Como si sus manos supieran, con una memoria más antigua que la conciencia, exactamente cómo entrelazarse.

El contacto fue tan natural y tan anhelado que a Julieta se le encogió el corazón.

Esa mano. Esa mano que tantas veces había sostenido la suya en los columpios. Esa mano que le había deslizado cientos de sobres de papel. Esa mano que había sujetado la suya en la pista de baile de su graduación. Estaba de vuelta. Caminaron así, en silencio, sus manos entrelazadas, creando un puente invisible entre el pasado y el presente.

Y entonces, cuando el coche ya estaba a pocos metros, él habló.

—Julieta... —comenzó, y su voz fue un susurro que se confundía con la brisa nocturna, tan íntimo que parecía un secreto—. ¿Me acompañarías a tomar una taza de té?

Julieta sintió que el tiempo se detenía. Por un instante que pareció eterno, el mundo se dividió en dos dentro de ella.

Su mente —la de la mujer adulta, la que había aprendido a sobrevivir al dolor, la que había construido una carrera y una vida sin él— se alzó con un coro de advertencias, de voces que gritaban desde el orgullo herido:

«¡No aceptes! ¡Hazlo sufrir como tú sufriste! ¡Haz que suplique, que se arrastre, que por fin comprenda la magnitud de lo que perdió cuando te borró de su vida! ¡Que pague cada lágrima, cada noche en vela, cada pregunta sin respuesta!»

Era la voz de la dignidad. De la rabia contenida durante años. De todas las veces que había esperado una llamada que nunca llegó.

Pero justo cuando esa voz alcanzaba su clímax, cuando el orgullo se preparaba para dar la respuesta definitiva, algo más profundo y poderoso emergió desde sus entrañas.

Era un latido antiguo. Un eco de la chiquilla de trenzas rojas que había amado sin condiciones desde un balcón, con una fe tan pura que ningún año de silencio había logrado extinguir por completo. La niña que lo esperaba cada tarde en los columpios. La adolescente que guardaba sus notas en un cajón secreto. La joven que, después de la despedida, siguió amándolo en silencio, aunque nadie lo supiera, aunque ella misma intentara negarlo.

Y esa chiquilla, testaruda y llena de esperanza, era más fuerte que cualquier rencor. Más fuerte que cualquier orgullo. Más fuerte que cualquier promesa de venganza silenciosa.

Julieta respiró hondo. Sabía que tal vez se estaba traicionando a sí misma. Sabía que tal vez, al aceptar, estaba cediendo terreno en una guerra que no había pedido pelear. Pero era incapaz de negar el anhelo que despertaba en ella la simple idea de pasar más tiempo con él. Incapaz de ignorar cómo se aceleraba su corazón cada vez que sus ojos se encontraban. Incapaz de fingir que no quería, con todas sus fuerzas, saber qué había pasado, qué había sentido, qué había sido de él durante todos esos años.

Así que su boca se abrió, y las palabras salieron antes de que el orgullo pudiera detenerlas:

—Sí, Min Ho.

Tres palabras. Tan simples. Tan definitivas.

Y al pronunciarlas, sintió con una claridad aterradora y emocionante que esa simple aceptación sellaba algo importante. Algo que iba más allá de una taza de té.

El destino de todo lo que estaba por venir. El chófer abrió la puerta del automóvil con una reverencia, y mientras Julieta se acomodaba en el asiento trasero, Min Ho se deslizó a su lado.

—¿Te divertiste? —preguntó él, en cuanto el coche se puso en movimiento.

Julieta lo miró, y por primera vez en toda la noche, se permitió una sonrisa completamente sincera, sin reservas, sin máscaras.

—Hacía años que no me divertía tanto —confesó, y era la verdad más pura que había dicho en mucho tiempo—. La gente de tu país es fascinante. Son alegres, amables y tan respetuosos... Pero cuando se quitan el uniforme de empleados, son como niños. Me encantó verlos así.

Min Ho sonrió. Una sonrisa relajada, de esas que le llegaban a los ojos y los arrugaban en las comisuras.

—Es curioso, Julieta —dijo, y su voz tenía un tono cálido, casi nostálgico—. Yo pienso exactamente lo mismo de la gente del tuyo. De la gente de México.

Sus miradas se encontraron, y en ese cruce hubo un reconocimiento mutuo: ambos sabían que no hablaban solo de países, sino de personas concretas. De una persona concreta.

20

La llevó de vuelta a la terraza de la cafetería con la vista panorámica. El mismo lugar donde todo había comenzado para ella en Seúl. Donde había visto la ciudad por primera vez, donde había sentido el vértigo de estar en tierra desconocida.

Ahora, bajo el manto de estrellas y las luces titilantes de la ciudad, el escenario era perfecto. Las mesas, con sus velas tenues; el cielo, con su inmensidad; Seúl, desplegada a sus pies como un tapiz de sueños. En cuanto tomaron asiento, él inició el delicado baile de acercamiento.

—¿Cómo está tu familia? —preguntó, y había un calor genuino en su voz, un interés que iba más allá de la cortesía—. Los recuerdo con gran afecto. Siempre fueron tan amables conmigo.

Julieta sintió una calidez en el pecho al escucharlo hablar de ellos.

—Y ellos a ti, Min Ho —respondió—. Sobre todo David. Nunca dejó de mencionarte. Cada vez que veía un partido de baloncesto, cada vez que escuchaba una canción que solían cantar en el karaoke... siempre aparecías en sus recuerdos.

Min Ho sonrió, con una mezcla de nostalgia y gratitud.

—Dile que lo recuerdo con mucho cariño. Que fue el mejor amigo que tuve en esa etapa de mi vida.

—Todos están bien —continuó Julieta, reconfortada por la calidez del recuerdo compartido—. Mis hermanos se casaron. Antonio fue el primero, luego Alejandro, y ahora Mario también está casado. Y mis padres... mis padres ahora disfrutan siendo los consentidores oficiales de sus nietos. Los adoran.

—Me alegra mucho por ellos —dijo Min Ho, y era sincero—. Tu madre siempre quiso tener muchos nietos, ¿recuerdas? Lo decía siempre.

Julieta rio, asintiendo.

—Sí, lo decía. Y ahora los tiene. Cinco, hasta ahora. Y va por más.

Min Ho se rio también, un sonido bajo y cálido que a Julieta le llegó al alma. Luego, hubo una pausa. Y en esa pausa, la mirada de él se volvió más intensa, más personal, más peligrosa.

—¿Y tú? —preguntó.

Solo eso. Dos letras. Una pregunta que contenía un mundo.

¿Y tú, Julieta? ¿Te casaste? ¿Tienes hijos? ¿Has sido feliz? ¿Has amado a alguien más?

Ella sintió que el corazón se le aceleraba. Desvió la mirada hacia las luces de la ciudad, fingiendo no escuchar, fingiendo que la pregunta no le quemaba la piel.

—¿Cómo están tus papás? —preguntó, cambiando de tema con una torpeza que esperó pasara desapercibida—. Mis padres los recuerdan con mucho cariño. Siempre preguntan por ellos.

Min Ho la observó un momento, con una sonrisa que decía *"te vi hacer eso"*.

—Están bien —respondió, aceptando el desvío—. Viven en Busan ahora, la ciudad costera. Mi padre se jubiló hace unos años, y mi madre disfruta de la vida tranquila. Pero siempre extrañando México —añadió, con un tono más suave—. Y a sus buenos amigos de aquella época.

Luego, sin darle tregua, sin permitirle escapar de nuevo, volvió al ataque. Su voz era suave pero implacable, como el agua que horada la piedra.

—Ahora háblame de ti —dijo, y sus ojos oscuros la atraparon sin posibilidad de escape—. Quiero saberlo todo de ti, Julieta. Todo.

Julieta sintió que el suelo se movía bajo sus pies. Pero entonces, algo despertó en ella. Una chispa de esa antigua picardía que había tenido de adolescente, de esa capacidad para jugar, para coquetear, para poner límites con una sonrisa. Lo miró directamente a los ojos, y en los suyos brillaba un destello travieso.

—Si quieres que te hable de mí —dijo, lentamente, saboreando cada palabra—, primero dime de qué trataba esa canción.

Min Ho arqueó una ceja. Sorpresa genuina. Y luego, una clara diversión.

—¿Me estás condicionando, Julieta? —preguntó, y en su voz había un dejo de incredulidad y admiración.

Ella sostuvo su mirada sin pestañear. La sonrisa se amplió en sus labios, iluminándole el rostro.

—Sí, Min Ho —respondió, con una seguridad que la sorprendió a ella misma—. Creo que eso es exactamente lo que estoy haciendo.

El silencio que siguió fue eléctrico. Bajo la tenue luz de la terraza, con la ciudad extendida a sus pies como un testigo mudo, Julieta no solo era hermosa. Era un desafío viviente.

Esa mezcla de elegancia y picardía en su mirada. La curva de sus labios, esbozando una sonrisa que era pura provocación. La seguridad con la que lo había desafiado, plantándole condiciones, negándose a ser solo la que responde, la que espera, la que cede.

Era una combinación irresistible. Y Min Ho sintió, con una claridad abrumadora, que los últimos vestigios de su control se hacían añicos. Porque ella no era solo la niña que recordaba.

Era una mujer. Una mujer que sabía lo que quería. Una mujer que ponía límites. Una mujer que, después de todo, después de catorce años, seguía teniendo el poder de desarmarlo por completo con una simple sonrisa.

—Julieta... —comenzó, y su voz sonó más grave, más íntima.

Pero ella esperó, imperturbable, con esa sonrisa juguetona aún en los labios.

La canción, decía su mirada. *Primero, la canción.*

Y él, por primera vez en mucho tiempo, supo que había encontrado a su igual.

Min Ho ya no pudo contener la marea.

La presa que había construido durante catorce años, ladrillo a ladrillo, silencio a silencio, noche a noche de ausencia, se derrumbó por completo ante la realidad de tenerla frente a él, desafiante, hermosa, real.

Con un suspiro ronco que fue más una rendición que un alivio, su mano encontró el camino hacia su nuca. Sus dedos se hundieron en su melena roja, en esos cabellos que tantas veces había imaginado, que tantas noches había evocado en sueños. Pero no fue un gesto suave, no fue una caricia tímida. Fue una posesividad dulce y urgente, como si estuviera reclamando algo que siempre le había pertenecido, algo que alguien había intentado arrebatarle pero que jamás, jamás había dejado de ser suyo.

Ella no retrocedió. No podía. No quería. Un pequeño y audaz "sí" escapó de sus labios justo antes de que él los capturara. Fue un susurro, apenas un aliento, pero él lo escuchó. Lo escuchó porque llevaba toda una vida esperando escucharlo.

Y entonces, sus labios se encontraron. No fue un beso de exploración. No fue un beso de tanteo, de esos que preguntan "¿puedo?" o "¿sientes lo mismo?". Fue un beso de confirmación. De certeza. De verdad absoluta.

Fue la respuesta a catorce años de silencio. Lento. Profundo. Abrumador.

Un beso que sabía a promesas rotas y a segundas oportunidades. A "por fin" después de tanto "todavía no". A "nunca más te dejaré ir" después de tanto "adiós" no dicho.

Llevaba consigo toda la nostalgia de los años perdidos. La frustración de la distancia. Las noches en vela. Las preguntas sin respuesta. El vacío que ninguno de los dos había logrado llenar con nada ni con nadie.

Pero por encima de todo, llevaba la verdad abrasadora de un amor que, contra todo pronóstico, contra toda lógica, contra toda esperanza, no solo había sobrevivido. Había emergido más fuerte.

Julieta sintió que el mundo se desvanecía. El ruido de la ciudad, las luces, el frío de la noche... todo desapareció. Solo existían sus labios, su mano en su nuca, su calor envolviéndola.

Y aunque la sorprendió —porque por más que lo hubiera soñado, por más que lo hubiera imaginado, la realidad superaba cualquier fantasía—, no vaciló. Ni un segundo.

Al instante, correspondió con la misma intensidad. Entregó todo el amor que había guardado a fuego lento durante catorce años en el santuario más profundo de su ser. Ese amor que había negado, que había intentado enterrar, que había disfrazado de orgullo y de distancia. Todo salió a la superficie en ese beso, desbordándose como un río que rompe un dique.

No hubo prisa. No hubo duda. No hubo pasado que los separara en ese instante. Solo hubo un diálogo silencioso y perfecto, el único lenguaje en el que todas las palabras no dichas por fin encontraban su expresión más elocuente.

Cuando al fin se separaron —porque el aire, ese enemigo inevitable, exigía su regreso—, jadeantes y con las frentes unidas, el mundo tardó unos segundos en volver a enfocarse.

Min Ho, con los ojos aún cerrados, acercó sus labios a su oído. Su voz, cuando llegó, era ronca, quebrada, cargada con una emoción tan inmensa que parecía a punto de desbordarse.

—Mi preciosa Julieta —susurró—. Mi inolvidable Julieta...

Hizo una pausa, buscando el aire, buscando las palabras.

—No sabes cuántos años soñé con volver a besarte. Cuántas noches imaginé este momento. Cuántas veces cerré los ojos y te vi frente a mí, solo para abrirlos y encontrarme con el vacío.

Julieta sintió que se desfallecía. Que las piernas, esas que la habían sostenido en los lugares más remotos del planeta, amenazaban con rendirse ante la simple verdad de sus palabras. Apenas logró articular, con una voz que era pura vulnerabilidad:

—Creí... creí que me habías olvidado...

Él se separó lo justo para mirarla a los ojos. Y en esos ojos oscuros, ella vio algo que la dejó sin aliento: una mezcla de incredulidad, de dolor, de ternura infinita.

—¿Olvidarte? —repitió, como si la palabra fuera un absurdo—. ¿Cómo podría olvidarte, Julieta? ¿Cómo se olvida a la persona que se llevó tu corazón consigo?

Su mano, la que aún sostenía su nuca, la acarició con una suavidad que contrastaba con la urgencia de antes.

—Ni un solo día —confesó, y cada palabra era una declaración—. Ni un solo día de estos catorce años dejé de pensar en ti. Te busqué en cada amanecer, en cada canción, en cada momento de soledad. Estabas ahí, siempre. Como una sombra. Como una luz. Como la única verdad que mi corazón nunca pudo negar.

Julieta sintió que los ojos se le humedecían. Pero no de tristeza. De una felicidad tan inmensa que dolía.

Y supo, con una claridad absoluta, que los reproches —esos que había alimentado durante años, esas preguntas que la habían atormentado— no tenían cabida aquí. No ahora. No en este momento perfecto.

Si hablaba de dolor, si preguntaba por qué, si dejaba que el resentimiento se interpusiera entre ellos, rompería la magia. Y no podía. No quería. Así que solo dijo la verdad. La verdad más pura, la que siempre había estado ahí.

—Y tú te llevaste el mío —confesó, con una sonrisa temblorosa—. Por eso siempre fuiste el dueño de mis pensamientos. Por mucho que intentara distraerme, por muchos lugares que visitara, por mucha gente que conociera... siempre, siempre terminaba pensando en ti.

Algo cambió en la mirada de él. Un destello nuevo. Una chispa que ella no supo identificar al principio. Pero entonces, él habló.

—¿De verdad soy el único dueño? —preguntó, y en su voz había algo que no esperaba—. He visto muchas fotos, Julieta. He seguido tu carrera, he visto cada artículo, cada publicación. Y en muchas de ellas apareces rodeada de hombres apuestos. Muy apuestos.

Julieta parpadeó. Y entonces, una sonrisa inmensa, radiante, iluminó su rostro.

Celos. Estaba sintiendo celos. El poderoso Director General, el hombre que controlaba imperios, el que había mantenido una fachada de hielo durante días... estaba sintiendo celos. Como un adolescente. Como el chico que fue en los columpios.

—Min Ho —dijo, y su voz era pura dulzura—. Nunca. Nunca nadie logró llegar a mi corazón. Te lo guardé a ti. Todo este tiempo. Solo a ti.

La emoción que cruzó el rostro de él fue indescriptible. Alivio. Felicidad. Gratitud. Y una necesidad urgente, abrasadora, de volver a besarla. Y lo hizo.

Esta vez, el beso fue diferente. No era la urgencia del primero, ni la confirmación del segundo. Era un beso que sellaba una promesa. Un pacto silencioso de que no volverían a separarse. De que lo que habían encontrado de nuevo era para siempre.

Ella correspondió con toda la intensidad acumulada durante catorce largos años, entregándose por completo, sin reservas, sin miedo. Porque el miedo, después de esto, ya no tenía sentido.

Tomados de la mano, regresaron al auto en un silencio cómplice. No hacían falta palabras. Sus manos entrelazadas lo decían todo. Los dedos de ella entrelazados con los de él, apretándose de vez en cuando, como para confirmar que no era un sueño, que realmente estaba ocurriendo.

El trayecto al hotel fue un suspiro. La ciudad desfilaba tras las ventanillas como un escenario olvidado, porque el único escenario que importaba era el interior de ese coche, el espacio reducido donde sus hombros se rozaban y sus manos no se soltaban.

Al llegar, él la acompañó hasta la puerta del hotel. Allí, bajo las luces tenues de la entrada, se detuvieron.

—No olvides que mañana paso por ti —dijo él, su voz suave pero llena de determinación, como si temiera que ella pudiera desaparecer si no lo repetía.

Julieta sonrió, sintiendo que el corazón le daba un vuelco.

—No lo olvidaré —respondió—. Estaré lista.

Se miraron un momento más. Un momento eterno. Luego, ella se giró hacia la puerta de cristal que daba acceso al lobby. La puerta se abrió con un susurro neumático. Y entonces, la voz de él la detuvo.

—Julieta...

Ella se volvió, expectante, con el corazón latiendo con fuerza. Él estaba allí, bajo la luz, con las manos en los bolsillos y una expresión que era pura ternura.

—La canción... —dijo, y su voz era tan suave que parecía una caricia—. La canté para ti.

Julieta contuvo el aliento.

—Desde la primera vez que supe que vendrías, supe que tenía que cantártela. Porque habla de mí. Habla de nosotros. Habla del amor que despertaste en mí, del amor que he sentido todos estos años, del amor que siento ahora y que por siempre será tuyo.

Hizo una pausa, y sus ojos brillaban con una luz que ella recordaba de otra vida.

—Solo tuyo, Julieta.

Las palabras cayeron sobre ella como una bendición. Como la respuesta a todas las preguntas que nunca se atrevió a formular. Como la confirmación de que no había sido una tonta por esperar, por soñar, por no olvidar.

—Gracias... —susurró, con la voz quebrada por la emoción—. Gracias por decírmelo. Gracias por cantármela. Gracias por... por todo.

Él sonrió, y en esa sonrisa había paz.

—Hasta mañana, Julieta.

—Hasta mañana, Min Ho.

Ella se giró y caminó hacia el interior del hotel. Sus pasos resonaban en el mármol del lobby, pero su mente estaba en otra parte. En él. En sus labios. En sus palabras. En esa canción que ahora sabía, con certeza absoluta, que era suya.

Cuando llegó al ascensor, cuando las puertas se abrieron, algo la hizo volverse.

Una última vez. Y allí estaba.

Él seguía en el mismo lugar, inmóvil, contemplando cómo se alejaba. Las luces de la entrada dibujaban su silueta, alta e inconfundible. No se había movido. No había querido moverse.

Sus miradas se encontraron a través de la distancia, a través del cristal, a través de los años.

Y en ese instante, ambos sintieron con absoluta certeza algo que ninguna palabra podría explicar.

El invisible e inquebrantable lazo que los unía, ese que habían creído roto, ese que el tiempo y la distancia habían intentado erosionar sin éxito... seguía ahí.

Intacto. Firme. Eterno.

Julieta sonrió, una sonrisa que era pura luz, y entró al ascensor.

Cuando las puertas se cerraron, supo que su vida acababa de comenzar de nuevo. Y por primera vez en catorce años, el futuro no le daba miedo.

21

Muy temprano en la mañana, mientras se arreglaba frente al espejo, Julieta se dejó llevar por el torbellino de sus recuerdos. Revivió cada instante de la noche anterior: la intensidad en la mirada de Min Ho, la pasión devoradora de sus besos, las palabras susurradas que habían derretido años de hielo. Un calor familiar se expandió en su pecho, despertando el profundo amor que durante tanto tiempo había tenido que adormecer para poder sobrevivir.

Durante años, su corazón había sangrado con la certeza de que él la había olvidado, de que su amor juvenil no había sido más que un capricho para él. Pero ahora... ahora había visto la verdad escrita en sus ojos y sentida en sus labios. Una verdad que la mareaba de felicidad: él la amaba. Con la misma fuerza desesperada y pura con la que ella siempre lo había amado.

Sin embargo, junto a la euforia, surgió un ejército de preguntas sin respuesta que amenazaban con empañar su frágil felicidad. ¿Por qué el silencio de catorce años? ¿Se habría visto presionado por su familia? ¿Habría intentado, quizás sin éxito, construir una vida con otra persona? Sabía que pronto tendría que regresar a México, y un miedo instintivo le hizo rechazar cualquier verdad dolorosa. No quería escuchar nada que pudiera hacer añicos su corazón recién sanado.

Al ver en el reloj que solo faltaban unos minutos para su cita, tomó una decisión consciente. Con determinación, apartó de su mente los recuerdos amargos y los temores infundados. Se observó una última vez en el espejo, aprobó su reflejo con una sonrisa de satisfacción y salió de la habitación con el corazón latiendo de anticipación.

Al salir del elevador, allí estaba él. El corazón de Julieta dio un vuelco tan violento que por un momento temió que se le escapara del pecho. Apoyó una mano en la pared del pasillo, solo un instante, para asegurarse de que las piernas la sostendrían.

Y si era posible, lucía aún más apuesto que en sus recuerdos. Siempre le había parecido guapo. Desde aquel primer día, cuando lo vio llegar desde su balcón. Desde aquel pelotazo en la nariz que, visto en retrospectiva, había sido el mejor accidente de su vida. Desde las tardes en los columpios, cuando la luz del atardecer acariciaba su rostro y ella pensaba que no existía en el mundo nada más hermoso.

Pero la madurez... la madurez lo había transformado. Había tallado su rostro con una elegancia serena, acentuando la línea de su mandíbula, la profundidad de sus ojos, la seguridad de su porte. La confianza que emanaba de cada gesto, de cada movimiento, lo hacían simplemente irresistible. No era arrogancia; era la seguridad de quien sabe quién es y lo que quiere.

Había un magnetismo en su presencia, una fascinación que le robó el aliento y confirmó, una vez más, lo que ya sabía en lo más profundo de su ser:

Ningún otro hombre podría jamás ocupar su lugar. Ninguno. Nunca.

En cuanto Min Ho la vio salir del elevador, su rostro se iluminó. Fue como si una luz interior se encendiera detrás de sus ojos. Una admiración tan pura, tan evidente, que no intentó disimular ni por un segundo. La recorrió con la mirada de arriba abajo —el vestido, el cabello, la sonrisa— y por un instante, contuvo la respiración.

Embelesado. Así estaba. Embelesado. Luego, caminó hacia ella con paso firme, pero con una lentitud deliberada, como si quisiera alargar el momento de acercarse, de verla reaccionar. Cuando estuvo frente a frente, habló:

—Cada día que pasa te encuentro más hermosa, Julieta —confesó, y en su voz había una sinceridad tan absoluta que no dejaba espacio para la duda—. No sé qué magia usas, pero cada vez que te veo, me pareces más increíble que la vez anterior.

Luego, tendió su brazo con una elegancia natural, ofreciéndoselo como si fuera lo más valioso que pudiera dar.

—Hoy quiero llevarte a un lugar especial —dijo—. Un lugar que guardo solo para momentos importantes. Para personas importantes. ¿Me concedes el honor de acompañarme?

Julieta sintió que una oleada de felicidad le recorría el cuerpo. Sin dudarlo, sin pensarlo siquiera, deslizó su mano por el interior de su brazo, entrelazándose con él.

—Sí, Min Ho —respondió, con una sonrisa que le iluminaba el rostro—. Me encantaría.

Mientras caminaban hacia la salida, él comenzó a explicar.

—Sé que la Torre de Seúl estaba en tu agenda oficial —dijo, con un dejo de disculpa en la voz—. Shin Hye me había comentado que tenían planeado ir hoy. Así que...

Hizo una pausa, y Julieta sintió que algo se movía en su interior.

—Pedí que prepararan un reportaje especial para que lo revises el lunes. Van a grabarlo con uno de nuestros mejores equipos, con tomas espectaculares, todo lo que necesites para tu blog. Así no pierdes el material profesional.

Se detuvieron un momento frente a la puerta del hotel, y él la miró directamente a los ojos. Había algo casi tímido en su expresión, una vulnerabilidad que contrastaba con su presencia imponente.

—Perdona que me tomara esa libertad —dijo—. No quiero que nada interfiera en nuestra cita de hoy. Pero si te molesta, si preferías hacerlo con el equipo, podemos...

Julieta lo miró. Sintió cómo su corazón se aceleraba hasta marearla, cómo el pulso se le desbocaba, cómo la sangre le hervía en las venas.

En ese instante, toda racionalidad se esfumó. Se sentía completamente hechizada. Atrapada en la órbita de una fuerza que la superaba por completo, un planeta girando alrededor de un sol que le daba vida y calor a la vez. Era una sensación aterradora y maravillosa, esa mezcla de vértigo y certeza absoluta.

No podía negarle nada. Ni siquiera si lo intentara.

Min Ho ejercía sobre ella un poder que no era de autoridad, ni de imposición, ni de control. Era un poder de conexión pura. Un magnetismo sobrehumano que, después de todos esos años, después de todo lo vivido, después de todo el dolor y la distancia, seguía siendo la verdad más incontestable de su vida.

—No, Min Ho —respondió, con una voz que era pura entrega—. Para nada me molesta. Al contrario... me parece... me parece perfecto.

La sonrisa que él le dedicó fue tan brillante que iluminó la mañana entera.

—Entonces, vamos.

Una vez en el automóvil blanco que los esperaba —impecable, lujoso, con un conductor que los recibió con una reverencia—, Julieta sintió que la intimidad del espacio la envolvía como una burbuja.

El coche se deslizaba suavemente por las calles de Seúl, pero ella apenas veía la ciudad. Solo lo veía a él. Y entonces, la curiosidad pudo más.

—¿Qué estudiaste, Min Ho? —preguntó, genuinamente impresionada—. Me maravilla que, siendo tan joven, estés al frente de una empresa tan importante. No es algo que se consiga por casualidad.

Él sonrió, con una modestia que la enterneció.

—Estudié Administración de Empresas, con especialización en Medios de Comunicación y también Leyes —explicó—. Pero más que los estudios, creo que lo que me ayudó fue crecer viendo a mi padre. Él me enseñó que los negocios son, ante todo, relaciones humanas. Que no importa cuánto sepas de números si no sabes tratar a las personas. Julieta asintió, fascinada.

—Tu papá siempre fue así —recordó—. Muy serio, pero muy justo. Todos en el barrio lo respetaban.

—Sí —confirmó Min Ho, con nostalgia—. Fue mi mejor maestro.

Hubo una pausa. Cómoda. Agradable. Pero entonces, sin mediar filtro alguno, como si una compuerta que había contenido catorce años de dudas, inseguridades y preguntas no formuladas cediera de golpe bajo la presión de la intimidad, la pregunta más íntima y temida se le escapó de los labios.

Antes de que su orgullo pudiera intervenir. Antes de que su mente racional pudiera detenerla. Antes de que el miedo a la respuesta la hiciera callar.

—¿Has tenido novia?

Las palabras flotaron en el aire del automóvil como pompas de jabón.

Y en el instante en que pronunció la última sílaba, Julieta sintió un calor súbito en las mejillas. Un rubor que comenzó en el cuello y ascendió implacable hasta teñirle el rostro por completo.

22

Ya no podía retirar las palabras. Ya no podía fingir que no las había dicho. Allí estaban, flotando entre ellos, desnudando su corazón más de lo que cualquier beso hubiera podido hacerlo.

Porque esa pregunta no era sobre él. Era sobre ella.

Sobre sus inseguridades. Sobre sus miedos. Sobre la necesidad de saber si, mientras ella lo había esperado en silencio, mientras había guardado su anillo contra el pecho, mientras ningún otro hombre había logrado llegar a su corazón... él había seguido adelante. Si había amado a otras. Si había construido una vida con alguien más. Si ella había sido, para él, solo un recuerdo lejano mientras para ella él había sido una ausencia constante.

El silencio que siguió fue denso. Cargado. Eléctrico. Un silencio que contenía catorce años de preguntas sin respuesta. Julieta bajó la mirada, sintiendo que el rubor le quemaba las mejillas. No se atrevía a mirarlo. No se atrevía a enfrentar su respuesta. Pero entonces, sintió su mano buscando la suya. Sus dedos, cálidos y firmes, se entrelazaron con los de ella. Y cuando él habló, su voz era tan suave que parecía una caricia.

—Julieta —dijo—. Mírame.

Ella obedeció. Porque siempre, siempre obedecería cuando él le pidiera eso. Y en sus ojos oscuros, no encontró lo que temía. No encontró burla, ni incomodidad, ni evasivas. Encontró ternura. Comprensión. Y algo más profundo, algo que le hizo contener el aliento.

—Te lo contaré todo —prometió—. Hoy te contaré todo lo que quieras saber. Pero déjame empezar por el principio, ¿sí? Porque mereces escucharlo como mereces escucharlo. No en un coche, de prisa, entre semáforos. Apretó su mano con suavidad.

—Y para responder a tu pregunta... no. No he tenido novia. No una de verdad. No una que importara.

Julieta sintió que el corazón se le detenía.

—Porque la única que importaba —continuó él, con una honestidad que la desarmó por completo—, la única que siempre importó, estaba a miles de kilómetros. Y yo no sabía si algún día volvería a verla.

El rubor de Julieta ya no era de vergüenza. Era de felicidad. De una felicidad tan inmensa, tan abrumadora, que apenas cabía en su pecho. Y allí, en el silencio del automóvil que surcaba Seúl, con sus manos entrelazadas y las palabras más importantes ya dichas, ambos supieron que el viaje que comenzaba era mucho más que un paseo a la Torre. Era el comienzo de todo lo que siempre debió ser.

El automóvil blanco surcaba las calles de Seúl cuando, de pronto, Min Ho desvió suavemente hacia un lado del camino. Con una tranquilidad que contrastaba con la intensidad del momento, se estacionó frente a una pequeña zona arbolada, apagó el motor y se giró hacia ella. Sonreía. Y en esa sonrisa había picardía, complicidad y algo más: la determinación de quien no está dispuesto a dejar cabos sueltos. Tomó sus manos entre las suyas, acariciando sus dedos con una lentitud deliberada.

—Mi dulce y curiosa Julieta —dijo, y su voz era una caricia—. Permíteme recordarte algo.

Ella arqueó una ceja, expectante.

—Anoche, para que me hablaras de ti, me impusiste una condición —continuó él, con un brillo juguetón en los ojos—. Y yo la cumplí al pie de la letra. Te confesé el significado de la canción, ¿verdad? Canté para ti, te abrí mi corazón...

Hizo una pausa dramática.

—Ahora, creo que es justo que tú cumplas con tu parte del trato. Quiero saberlo todo de ti. Todo.

Julieta lo miró, y en sus ojos verdes bailaba una chispa de diversión. Pero también de nerviosismo. Porque hablar de uno mismo, abrirse por completo, era más difícil que cualquier otra cosa.

Entonces, en un acto de audacia que lo dejó sin aliento, se inclinó hacia él. Sus labios encontraron los suyos en un beso suave, breve, pero cargado de una promesa. Cuando se separó apenas unos milímetros, susurró contra su boca, sintiendo su aliento mezclarse con el de él:

—Te prometo... que después de que me hables de ti, yo te contaré todo lo que quieras saber.

Min Ho sintió que el suelo desaparecía bajo sus pies. Esa mujer. Esa mujer increíble, que lo desafiaba, que le devolvía sus propias armas, que lo tenía completamente rendido a sus pies sin siquiera intentarlo.

No pudo resistirse. La atrajo hacia sí con una urgencia dulce, y la besó con una pasión que dejó flotando en el aire todas las preguntas sin respuesta, todos los años de espera, toda la verdad que aún no habían dicho. Cuando por fin se separaron —jadeantes, sonrientes, con los ojos brillantes—, Min Ho arrancó el auto de nuevo. Pero su tono, cuando habló, era decidido, innegociable.

—Te escucho, Julieta —dijo, mientras el coche retomaba su camino—. Y no aceptaré evasivas. Quiero saberlo todo.

Julieta suspiró, y fue un suspiro de rendición. Porque era evidente que Min Ho no cedería. Y porque, en el fondo, su ternura, su insistencia, su deseo genuino de conocerla la habían desarmado por completo. No tenía escapatoria. Y, sinceramente, ya no quería tenerla.

—Está bien —cedió, jugueteando nerviosamente con sus propios dedos—. Pero te advierto que mi vida no tiene nada de interesante... Estudios, viajes, trabajo. Nada del otro mundo.

—No digas eso —la interrumpió él con suavidad, pero con una firmeza que no admitía discusión—. Para mí, cada detalle de tu vida es un tesoro. Cada momento, cada decisión, cada sueño. Quiero conocer a la mujer en la que te convertiste, Julieta. Por favor.

Ella sintió que el corazón se le ablandaba. Cómo negarse a esa mirada, a esa voz, a ese hombre que la miraba como si ella fuera lo más valioso del universo.

—Estudié Turismo —comenzó, lentamente—. Y algunos idiomas. Inglés, francés, italiano. Para distraerme, para llenar el tiempo, abrí un blog donde compartía lo que sabía de centros turísticos. Al principio era solo un pasatiempo, algo pequeño.

Hizo una pausa, y una sonrisa asomó a sus labios al recordar.

—Pero creció. Poco a poco, sin darme cuenta. Llegaron las primeras invitaciones de embajadas, de oficinas de turismo. Me pedían que viajara, que conociera sus países, que escribiera sobre ellos.

Su voz se volvió más suave, más íntima.

—No fue fácil convencer a mi familia. Mi madre lloraba cada vez que empacaba maletas. Mi padre me pedía que tuviera cuidado, que llamara todos los días. Pero empecé a viajar. He conocido lugares increíbles... playas paradisíacas, montañas imponentes, ciudades que nunca duermen. América, Europa... He visto tantos atardeceres que perdí la cuenta.

Se encogió de hombros, como si restara importancia.

—Y ahora tengo una oficina, un equipo maravilloso que me ayuda, y puedo vivir de lo que amo. Y eso es todo.

Min Ho negó con la cabeza, una sonrisa tierna en los labios.

—Claro que no es todo, Julieta —protestó, con una ternura que la envolvió como una manta—. Eso es lo que has hecho. Pero no me has dicho quién eres. No me has dicho cuáles son tus sueños.

Su mirada se volvió intensa, penetrante.

—Y hay un tema importante que omitiste deliberadamente —señaló, con suavidad pero sin rodeos—. Prometiste contarme todo sobre ti, ¿recuerdas? Todo.

Julieta sintió que el rubor le subía a las mejillas. Porque sabía perfectamente a qué se refería. Respiró hondo. Muy hondo.

—Bueno... —comenzó, buscando las palabras—. Aunque fue difícil por mis viajes, por las constantes idas y venidas, hace un tiempo regresé a la Universidad. Estoy estudiando Historia del Arte.

La curiosidad brilló en los ojos de él.

—¿Historia del Arte? —repitió, genuinamente intrigado—. ¿Por qué? No es la carrera más obvia para alguien que vive viajando y escribiendo.

Julieta sintió que una chispa se encendía en su interior. Porque esto, esto era algo que amaba profundamente, algo que era solo suyo.

—Porque el arte despierta almas —respondió, y sus ojos verdes brillaban con una pasión que lo cautivó por completo—. En mis viajes vi algo que me preocupó: cómo la tecnología nos atrapa, nos aísla, nos hace olvidar la belleza que nos rodea. Pasamos horas mirando pantallas y minutos, apenas, mirando el mundo real.

Hizo una pausa, buscando las palabras exactas.

—En la pintura, en la escultura, en la música... hasta en la arquitectura de una ciudad, hay libertad creativa. Hay historias. Hay alma. Quiero escribir sobre eso, Min Ho. Quiero recordarle a la gente que la belleza existe, que está ahí, esperando ser vista. Y si logro inspirar, aunque sea a una persona... aunque sea a una sola persona a levantar la vista de su teléfono y mirar a su alrededor... me daré por satisfecha.

El silencio que siguió fue denso, pero no incómodo. Era un silencio de admiración, de asombro. Min Ho la miró como si la viera por primera vez. Como si, después de todos esos años, descubriera una faceta nueva, más profunda, más hermosa aún.

—Me sorprendes, Julieta —susurró, y en su voz había una admiración tan genuina que a ella se le encogió el corazón—. Cada palabra que dices, cada sueño que compartes... despiertas en mí las ganas de unirme a tu cruzada. De viajar contigo, de ver el mundo a través de tus ojos.

Ella sonrió, conmovida. Pero él no se dejó distraer. Su mirada volvió a intensificarse.

—Aún no has terminado —dijo, con suavidad pero con firmeza—. Esa parte de tu historia... la que más me importa. La que deliberadamente has dejado para el final.

Julieta bajó la mirada. Sus dedos dejaron de juguetear y se quedaron quietos, entrelazados sobre su regazo.

—No hay mucho que contar, Min Ho —confesó, y su voz era apenas un susurro—. Sí, hubo pretendientes. Hombres interesantes, exitosos, atractivos. Algunos incluso parecían perfectos sobre el papel.

Levantó la vista y lo miró directamente a los ojos. Y en esos ojos verdes, él vio una verdad que lo dejó sin aliento.

—Pero ninguno logró lo que tú lograste en segundos, hace catorce años. Ninguno llegó directo al corazón como llegaste tú. Porque en el fondo... en el fondo, siempre esperé.

Su voz se quebró apenas.

—Siempre esperé que regresaras. Aunque intenté convencerme de que era una tontería, aunque mi orgullo me decía que debía olvidarte, aunque viajé por el mundo buscando distracciones... mi corazón nunca se fue de aquel balcón. Nunca dejó de esperarte.

Las palabras quedaron flotando en el aire, sostenidas por la emoción de ambos. Min Ho no dijo nada. No podía. Pero sus ojos... sus ojos lo decían todo. En ese momento, el auto se detuvo.

Julieta levantó la mirada y se encontró frente a una antigua y encantadora casa, oculta tras una reja de hierro forjado. Jardines cuidados, una fachada de piedra, un aire de paz que contrastaba con el bullicio de la ciudad.

Pero antes de que pudiera preguntar dónde estaban, Min Ho actuó. Con movimientos deliberados, lentos, apagó el motor y se giró hacia ella. Sus manos encontraron sus hombros con una suavidad reverente, como si sostuviera algo infinitamente frágil y valioso. La miró con el alma en los ojos. Y cuando habló, su voz era tan profunda, tan sincera, que cada palabra resonó en lo más íntimo de su ser.

—Eres la mujer más extraordinaria que he conocido, Julieta.

Hizo una pausa, dejando que las palabras se asentaran.

—Hermosa por fuera, sí. Eso cualquiera puede verlo. Pero brillante por dentro... con un corazón tan grande que ha sido capaz de guardar nuestro amor todos estos años, a pesar de la distancia, a pesar del silencio, a pesar de todo.

Sus dedos acariciaron sus hombros con ternura.

—Yo te amo, Julieta. Con todo lo que soy. Con todo lo que tengo. Te he amado desde aquel día en la enfermería, cuando te vi con la nariz hinchada y supe que mi vida había cambiado para siempre. Te he amado en cada tarde de columpios, en cada nota que te escribí, en cada momento compartido.

Su voz se volvió aún más íntima, más profunda.

—Y te he amado en cada uno de estos catorce años. En cada noche que cerré los ojos y te busqué en mis sueños. En cada amanecer que desperté y no estabas. En cada éxito que celebré y supe que solo sería completo si pudiera compartirlo contigo.

Una lágrima rodó por la mejilla de Julieta. Pero no era de tristeza. Era de una felicidad tan inmensa, tan abrumadora, que no podía ser contenida.

—Nunca hubo nadie más para mí —continuó él—. No podía haberlo. Porque tú, Julieta, eres mi hogar. Y después de vagar por mundos separados durante catorce años... por fin, por fin he encontrado el camino de regreso a casa.

Esta vez, cuando sus labios se encontraron, no hubo prisa. No hubo duda. No hubo nada más que la certeza absoluta de dos almas que, después de tanto tiempo, por fin se reencontraban. El beso fue lento, profundo, eterno. Un diálogo silencioso que decía todo lo que las palabras no podían abarcar. Una promesa de que nunca más volverían a separarse. Un juramento sellado con el latido de dos corazones que, a pesar de todo, nunca habían dejado de latir al unísono. Cuando por fin se separaron, apoyaron sus frentes una contra la otra, compartiendo el mismo aire, la misma emoción, la misma vida.

—Te amo, Min Ho —susurró Julieta, con la voz rota por la felicidad—. Te he amado siempre. Y te amaré siempre.

Él sonrió, y en esa sonrisa estaba todo.

—Lo sé —respondió—. Y yo a ti. Para siempre.

Afuera, el mundo seguía girando. La ciudad seguía vibrando. La vida seguía su curso. Pero dentro de aquel auto, dentro de aquella burbuja de amor y verdad, solo existían ellos dos. Y el futuro, ese futuro que tantos años les había sido negado, por fin comenzaba.

23

La pesada reja de hierro forjado se abrió con un suave chirrido, como si despertara de un largo sueño. El sonido metálico, antiguo, resonó en el silencio de la mañana como una bienvenida. Min Ho condujo lentamente por el camino empedrado, sorteando los árboles que flanqueaban la entrada, hasta estacionar a pocos pasos de la imponente puerta de madera tallada. Apagó el motor. La miró. Sonrió.

—¿Lista? —preguntó.

Ella asintió, sin saber bien a qué se estaba preparando.

Tomados de la mano, cruzaron el umbral. Y al hacerlo, Julieta se detuvo en seco. Su respiración se entrecortó. Sus pies se negaron a avanzar. El mundo se detuvo a su alrededor.

No era solo la belleza y elegancia lo que la deslumbró. No era la majestuosidad de la entrada, ni la altura de los techos, ni la luz que se filtraba dorada por los ventanales.

Era una avalancha de recuerdos. El aroma a madera pulida, mezclado con el perfume de flores frescas colocadas en jarrones de porcelana. La calidez de la luz filtrándose a través de los altos ventanales, dibujando patrones en el suelo de mármol. La disposición de los espacios, la amplitud de los pasillos...

Era una versión amplificada y más madura de la casa que atesoraba en su memoria. La casa donde, siendo una niña, había ido a jugar con sus hermanos. La casa donde Min Ho creció. La casa que, en sus recuerdos de adolescencia, era un lugar de risas y complicidad. Pero ahora era más. Era hermosa. Era imponente. Era... hogar.

—¿De quién es esta casa? —preguntó, aunque en el fondo, su corazón ya empezaba a intuir la respuesta.

Él la miró con una sonrisa que delataba su orgullo, pero también una ternura infinita.

—¿Te gusta? —inquirió, en lugar de responder—. Ven, quiero que la recorras conmigo. Quiero que la veas con tus ojos.

La llevó directo a la sala principal. Y entonces, Julieta se soltó de su mano. Fue un movimiento instintivo, como impulsada por una fuerza magnética que la atraía hacia cada rincón. Caminó lentamente, absorbiendo cada detalle con una devoción casi reverente.

Los impresionantes cuadros que colgaban de las paredes —óleos de paisajes coreanos, acuarelas de flores, retratos de familia— eran los mismos que recordaba de su infancia, pero ahora restaurados, iluminados, mostrados en todo su esplendor. Las primorosas esculturas coreanas descansaban en sus nichos iluminados, como pequeñas joyas esperando ser admiradas.

Su dedo, tembloroso, recorrió el marco de un cuadro que recordaba vívidamente. Un paisaje de montañas neblinosas que siempre le había fascinado. La textura de la madera, el relieve del tallado... era exactamente como lo guardaba en su memoria.

Después de unos minutos que se sintieron eternos, se volvió hacia él. Sus ojos verdes brillaban, húmedos de emoción, pero llenos de una certeza absoluta.

—Es la casa de tus padres —afirmó, y su voz era apenas un hilo—. La casa donde creciste. Recuerdo cada una de estas obras de arte, Min Ho. Las miré tantas veces cuando venía a jugar con mis hermanos... Es más hermosa de lo que guardaba en mi memoria. Mucho más. Pero el alma es la misma. La reconozco.

Min Ho cruzó la distancia que los separaba en dos zancadas y la envolvió en un abrazo.

—Sabía que lo recordarías —confesó, y su voz, contra su cabello, se cargó de una ternura infinita—. Sabía que cada rincón te hablaría, que cada cuadro te susurraría algo. Por eso te traje aquí. Porque esta casa también guarda tu memoria, Julieta. En cada pared, en cada rincón, hay un eco de ti.

Ella se acurrucó contra su pecho, sintiendo su calor, su latido, su verdad.

—Cuando mis padres se enteren de que estuviste aquí —continuó él, con una sonrisa en la voz—, lamentarán profundamente no haber estado para recibirte. Mi madre no me lo perdonará. Lleva años preguntando por ti. —Julieta rio suavemente, conmovida.

—¿Dónde están? —preguntó, levantando la vista hacia él.

—Fueron a cerrar una importante operación de negocios —explicó Min Ho, acariciando su cabello—. Regresan en un par de días. Y ya te advierto: cuando vuelvan, querrán verte. Mi madre ya está planeando una cena.

—Me encantaría —susurró ella, y era sincera.

Min Ho inclinó la cabeza y besó sus labios con una suavidad que prometía eternidad. Un beso lento, profundo, que sabía a hogar. Luego, tomándola de la mano nuevamente, la guio a través de pasillos iluminados por el sol. Le mostró cada rincón. La biblioteca con sus estantes repletos de libros antiguos. El estudio de su padre, con su escritorio de caoba y sus fotografías enmarcadas. La cocina, enorme y luminosa, donde su madre pasaba horas preparando platos tradicionales. El jardín interior, con su estanque de peces y su puente de madera.

Era como si le estuviera presentando cada parte de su mundo, de su vida, de su historia. Como si, al mostrarle la casa, le estuviera diciendo: *esto soy yo, esto es lo que me hizo, esto quiero compartir contigo.*

El recorrido culminó en una amplia terraza que se abría al jardín. Allí, bajo una pérgola cubierta de glicinas, una mesa elegantemente dispuesta parecía haberlos estado esperando. Mantel blanco, vajilla de porcelana, velas flotando en centros de cristal, y una vista privilegiada de los jardines que se extendían hasta donde alcanzaba la vista.

Al tomar asiento, como por arte de magia, apareció el atento y silencioso personal doméstico. Sin molestar, sin interrumpir la burbuja de intimidad que los envolvía, sirvieron una deliciosa y colorida variedad de platillos tradicionales coreanos.

Bulgogi tierno y jugoso. *Bibimbap* con sus vegetales perfectamente dispuestos. *Kimchi* fermentado a la perfección. *Japchae* con sus fideos transparentes. Una explosión de colores y sabores que era también una explosión de cultura y tradición. Comieron despacio, hablando de todo y de nada, sumergidos en una intimidad perfumada con especias y el dulce aroma de las flores del jardín. Las risas fluían con la misma naturalidad que las confidencias, y por momentos, Julieta cerraba los ojos y se dejaba llevar por la sensación de que el tiempo, por fin, estaba de su lado. Al terminar de comer, regresaron a la sala principal.

Se acomodaron en el amplio y confortable sofá, ese mueble enorme y acogedor que parecía hecho para abrazar a quienes se sentaban en él. Julieta, con un movimiento natural, se acurrucó contra su hombro, buscando refugio en su calor, en su olor, en su presencia. Hubo un momento de silencio. Cómodo. Plácido. Pero entonces, una sonrisa suave pero persistente asomó a sus labios.

—Mi parte del trato está cumplida —dijo, con un tono que mezclaba la broma y la seriedad—. Te hablé de mí, de mis sueños, de mi vida. Incluso de lo que más me costaba compartir.

Levantó la vista hacia él, y sus ojos verdes se encontraron con los oscuros de él.

—Ahora te toca a ti, Min Ho. Sigo esperando que me hables de tu vida estos años —su voz se volvió más suave, más íntima—. Estoy lista para escucharlo todo.

Hizo una pausa. Cerró los ojos por un instante, como preparándose.

Aunque duela, pensó. *Aunque haya cosas que no quiera escuchar. Aunque la verdad sea difícil. Estoy lista.*

Min Ho la miró largamente. En sus ojos, ella vio una mezcla de emociones: gratitud, nerviosismo, y una determinación profunda.

—Julieta —comenzó, y su voz era grave, seria—. Lo que voy a contarte... no es fácil. Hay cosas de las que no estoy orgulloso. Decisiones que tomé que quizás no entiendas. Años de silencio que necesito explicarte. —Ella apretó su mano, dándole fuerzas.

—No importa lo que haya sido —susurró—. Estoy aquí. Y no me voy a ir. — Él asintió, respiró hondo, y comenzó.

Y Julieta, acurrucada contra su hombro, con el corazón latiendo con fuerza pero la paz asentándose en su alma, se preparó para escuchar, por fin, la otra mitad de la historia. La historia de él. La historia de ellos. La historia completa. Min Ho la abrazó con fuerza, como si temiera que pudiera escapar. Como si aún no terminara de creerse que ella estaba allí, real, tangible, suya.

—No hay mucho qué contar que valga la pena —comenzó, y su voz tenía un deje de cansancio acumulado, de años de esfuerzo y soledad—. Desde que llegué a Corea, mi abuelo tomó el control de mi vida. No fue un regreso cálido, fue una inmersión forzada en el mundo que él había construido.

Julieta escuchaba en silencio, acariciando su brazo.

—Supervisaba mis estudios personalmente —continuó—. No podía permitirme una nota baja, un error, un desliz. Me arrastraba a la empresa desde adolescente para que aprendiera su funcionamiento desde la base. Me sentaba en reuniones ejecutivas con hombres tres veces mayores que yo, obligado a entender problemas de negocios que ni siquiera sabía que existían.

Hizo una pausa, y ella sintió cómo su cuerpo se tensaba al recordar.

—Todo era para que entendiera, para que absorbiera como una esponja. Los problemas, las soluciones, las alianzas, las traiciones. Asumí la dirección de la televisora al terminar Leyes y Mercadotecnia. No hubo descanso, no hubo tregua. Solo trabajo. —Su voz se suavizó un poco.

—Por suerte, pronto llegó el éxito. Nuestras series comenzaron a exportarse, los programas ganaron audiencia, la empresa creció. He viajado por medio mundo, sí. Pero no por placer, Julieta. Nunca por placer. Era para cerrar negocios con ejecutivos de otras cadenas, para firmar contratos en hoteles de los que solo recuerdo el lobby y la sala de juntas.

Se encogió de hombros, un gesto de resignación.

—Y como dijiste tú... eso es todo. Una vida de trabajo, éxito y soledad.

Julieta se separó lo justo para mirarlo a los ojos. En su expresión había una ternura infinita, pero también una chispa de incredulidad juguetona.

—¿Eso es todo? —repitió, arqueando una ceja—. ¿De verdad vas a decirme que eso es todo, Min Ho?

Él la miró, confundido. Ella sonrió, una sonrisa que era pura picardía.

—He entrevistado a tus estrellas principales, ¿lo sabías? Para mi blog. Actrices hermosísimas, talentosas, exitosas. Y he conocido a tus empleadas, las que trabajan en la oficina, las que nos ayudaron con la producción. —Hizo una pausa dramática.

—Y todas tienen algo en común, Min Ho. Son deslumbrantes. Parecen muñecas de porcelana salidas de un drama coreano. Y por lo que pude notar —su tono se volvió más suave, más íntimo—, se derriten por ti. Las miradas, los suspiros, los comentarios que creen que no escucho...

Así que no me vengas con que 'eso es todo', Park Min Ho. No me subestimes.

Él la miró un instante. Y entonces, una sonrisa lenta apareció en sus labios. Pero no era una sonrisa de diversión. Era una sonrisa de estrategia. Con una suavidad que contrastaba con la firmeza de sus manos, tomó sus hombros. La miró directamente a los ojos, y en los suyos había un brillo de inteligencia y picardía.

—Entonces, dime tú —replicó, desviando la conversación con una maestría digna de un director ejecutivo—, ya que hablamos de pretendientes... ¿aceptaste el amor de alguno de esos hombres apuestos que aparecen a tu lado en las fotografías de tus viajes?

Julieta parpadeó, sorprendida por el contraataque. Pero entonces, un fuego repentino brilló en su mirada.

—¡Claro que no! —exclamó, con una vehemencia que la sorprendió a ella misma—. ¿Cómo puedes siquiera preguntarlo? Eso habría sido una traición a mis propios sentimientos. Una traición a lo que guardaba en mi corazón. —Se irguió, orgullosa. —Y para que lo sepas, la mayoría de mis seguidoras son mujeres. Muestro la belleza masculina como parte del atractivo cultural de un país, igual que muestro la arquitectura o la gastronomía. Es contenido, Min Ho. Nada más.

Él la observó con una mezcla de admiración y ternura.

—Y yo hago exactamente lo mismo —declaró entonces, y su voz, grave y profunda, estaba cargada de una verdad absoluta que no admitía discusión—. Las actrices son talento que contrato. Las empleadas son profesionales que respeto. Nada más. —Apretó sus hombros con suavidad.—No dudes de mí, Julieta. Nunca. Te amo. Te he amado desde aquel día en la enfermería, y te amaré por siempre. No hay espacio en mi corazón para nadie más. Nunca lo hubo. —La soltó entonces.

Y con un movimiento deliberado, lento, casi ceremonial, llevó su mano al bolsillo interior de su chaqueta. De allí extrajo una cartera de cuero, gastada por los años, que abrió con la reverencia de quien muestra un tesoro.

De su interior, sacó una fotografía. Y se la mostró. A Julieta se le escapó un jadeo.

Era la foto de ambos que su madre había tomado la noche del baile de graduación. Ella con su vestido azul de gasa, él con su smoking impecable, mirándose a la cámara con sonrisas tímidas y ojos brillantes de felicidad.

Pero no era solo la foto lo que la conmovió. Era el estado de la foto. Aunque bien cuidada, protegida por el plástico de la cartera, mostraba el desgaste del tiempo. Las esquinas estaban suavizadas, casi redondeadas, como si hubieran sido acariciadas miles de veces. La superficie tenía pequeñas marcas, pruebas inequívocas de haber sido mirada una y otra vez, de haber viajado en ese bolsillo, cerca del corazón, durante todos esos años. Una lágrima rodó por su mejilla.

—Min Ho... —susurró, con la voz rota. Él sonrió, con una ternura infinita.

—Nunca me separé de ella —confesó—. En cada viaje, en cada hotel, en cada noche de insomnio... la sacaba y te miraba. Para recordarme por qué luchaba. Para recordarme que existías. Para no perder la esperanza de que algún día volvería a verte.

Julieta sintió que el corazón se le desbordaba. Con manos temblorosas, llevó las suyas al cuello. Buscó la delicada cadena de oro que siempre llevaba consigo, esa que nunca se quitaba, ni para dormir, ni para viajar, ni para nada. De ella colgaba un anillo. El anillo de graduación de Min Ho. El que él le había entregado en su despedida, apretado en su mano con un beso y un "saranghae" que nunca entendió. Lo sostuvo entre sus dedos, mostrándoselo.

—Yo también te llevé conmigo —susurró, y su voz era pura emoción—. Todos los días, Min Ho. En cada viaje, en cada país, en cada hotel. Este anillo ha estado más cerca de mi corazón que cualquier otra cosa. Porque eras tú. Siempre fuiste tú.

El silencio que siguió fue más elocuente que cualquier palabra.

Sus miradas se encontraron, y en ese encuentro hubo un entendimiento profundo, un reconocimiento de ese lazo invisible que, desde el principio, los había unido con una fuerza indestructible.

No hicieron falta más palabras. Se besaron entonces. No fue un beso de urgencia, ni de deseo desbocado. Fue un beso de paz. Un beso de confirmación. Un beso que celebraba la verdad de que, a pesar de todo, a pesar de los años y la distancia y el silencio, su amor había sobrevivido. Fue un beso con la pasión serena de un amor que había resistido la prueba del tiempo.

Y luego, entre besos tiernos y palabras susurradas, hablaron. Hablaron del profundo amor que los consumía, de los años de espera, de las noches de insomnio. Y se hicieron la promesa más importante de sus vidas: Nada. Nadie. En este mundo, volvería a separarlos.

Al caer la noche, Min Ho la llevó a cenar. No a cualquier lugar. La llevó al mismo restaurante donde le había entregado los reconocimientos, donde todo había comenzado a cambiar. Pero esta vez era diferente. No había cámaras. No había miradas curiosas. No había empleados pendientes de cada movimiento. Solo ellos dos. La mesa era íntima, junto al ventanal que mostraba a Seúl brillando como un collar de diamantes a sus pies. Las luces de la ciudad parpadeaban como estrellas caídas, creando un escenario de ensueño.

Mientras saboreaban platos exquisitos —manjares que él había elegido personalmente para ella—, la conversación fluyó hacia los rincones del mundo que ambos habían pisado.

Julieta habló de la luz dorada de Venecia al atardecer, de cómo el sol se reflejaba en los canales creando un espectáculo de colores imposibles. Min Ho describió la energía vibrante de Nueva York al amanecer, cuando la ciudad despierta con un rugido que se siente en los huesos. Compartieron anécdotas de mercados bulliciosos en Bangkok, donde los olores y sabores se mezclan en una sinfonía caótica. Hablaron de la serenidad de los templos en Kyoto, donde el tiempo parece detenerse y el alma encuentra paz.

Y fue entonces cuando, entre un sorbo de vino y una mirada cargada de entendimiento, surgió la confesión. No como una queja. No como un lamento. Como un descubrimiento compartido.

—¿Sabes? —dijo Julieta, con una sonrisa tímida, jugueteando con el tallo de su copa—. Por mucho que ame viajar, por mucho que haya sido mi vida durante todos estos años... últimamente, los aeropuertos me saben a salas de espera vacías. —Min Ho la miró, y en sus ojos había una luz de reconocimiento.—Ya no importa lo lujosa que sea la sala VIP —continuó ella, con una honestidad que nacía de la intimidad del momento—. Siempre hay algo que falta. Alguien con quien compartir la espera. Alguien a quien mirar cuando el avión despega y pensar "ojalá estuvieras aquí".

Él le tomó la mano. Deslizó suavemente el pulgar sobre sus nudillos, una caricia lenta, hipnótica.

—Yo pensé que era el único —confesó, y su voz era tan suave que parecía un secreto—. Estos últimos años, cada hotel de lujo me parecía más impersonal que el anterior. Las camas más grandes, más vacías. Las vistas más espectaculares, más solitarias. —Hizo una pausa, apretando su mano.—Todas las ciudades empezaron a fundirse en una, Julieta. París, Londres, Tokio... todas eran lo mismo. Porque no estabas tú. Porque no había nadie con quien compartir el atardecer desde la ventana del hotel.

Un suspiro de alivio compartido se elevó entre ellos. No era el suspiro de quien se queja, de quien lamenta el pasado. Era la fatiga sagrada de quien ha recorrido el mundo buscando algo y, después de tanto andar, descubre que lo que buscaba siempre estuvo más cerca de lo que imaginaba.

Porque en ese momento, mirándose a los ojos sobre la mesa iluminada por velas, con Seúl brillando a sus pies como testigo mudo, ambos entendieron la verdad más profunda de sus vidas viajadas.

El mayor tesoro no estaba en ningún destino lejano por descubrir. No estaba en las pirámides de Egipto, ni en los canales de Ámsterdam, ni en los rascacielos de Nueva York. Estaba en este instante preciso.

En haber encontrado, finalmente, en el otro, ese lugar al que siempre —sin saberlo, sin admitirlo— habían estado intentando regresar. El único lugar que realmente merecía ser llamado hogar. Julieta sonrió, con los ojos brillantes.

—Te encontré —susurró.

Min Ho levantó su mano y besó sus dedos, uno por uno.

—Y yo a ti —respondió—. Y ahora que te tengo, Julieta Pacheco... no pienso dejarte ir nunca más.

Afuera, Seúl brillaba. Pero dentro de ellos, brillaba mucho más.

24

Esa noche, al regresar a su habitación, Julieta se sirvió una copa de vino tinto. No por necesidad, sino por puro ritual, para brindar en silencio con la felicidad que la embargaba. Quería saborear cada instante de ese día milagroso, necesitaba grabar en su memoria cada palabra, cada mirada, cada beso que había devuelto la ilusión a un corazón que creía marchito para siempre.

Desde que sus labios se habían encontrado la noche anterior, Julieta se sentía completa, como si una parte esencial de su ser hubiera regresado a casa después de un largo y gris exilio. Había vuelto a apreciar los colores vibrantes de la vida, y en la quietud de la noche, solo una palabra resonaba en su mente como un mantra feliz: "Saranghae". La palabra que una vez no entendió, y que ahora comprendía con todo su ser.

El vino y la felicidad fueron un brebaje poderoso. Después de unos pocos sorbos, se quedó profundamente dormida, con una sonrisa en los labios.

A la mañana siguiente, se despertó con una energía que no sentía desde hacía años. Mientras se preparaba, tarareaba la melodía que Min Ho había cantado solo para ella, cada nota una caricia a su alma.

Min Ho llegó puntual. Como siempre. Como esa vez en la secundaria cuando llegaba a recogerla para las tardes de estudio. Como aquella noche de graduación cuando la esperó en el recibidor con una orquídea en las manos. Como si el tiempo no hubiera pasado y la puntualidad fuera su manera de decirle, sin palabras, que ella siempre había sido prioridad.

En cuanto estuvieron cerca, cerró la distancia con una naturalidad que ya empezaba a sentirse costumbre. Tomó su mano, entrelazando sus dedos con los de ella en un gesto que era a la vez posesivo y tierno, como si sus manos hubieran estado buscándose durante años y por fin hubieran encontrado el camino de regreso.

Luego, se inclinó y depositó un beso suave en sus labios. Un recordatorio. Un "buenos días" cargado de la promesa de la noche anterior, de todas las palabras que se habían dicho y de todas las que aún estaban por decir. Cuando se separó, sus ojos oscuros la recorrieron con una admiración que no intentó ocultar.

—Julieta... —comenzó, y su voz era una caricia—. ¿Te he dicho que cada vez que te veo, te encuentro más hermosa?

Ella sintió que el elogio le encendía las mejillas, un calor dulce que comenzaba en el pecho y ascendía hasta teñirle el rostro.

—Puede que lo hayas mencionado una o dos veces —respondió, con una sonrisa juguetona—. Pero no me quejo. Sigue haciéndolo.

Él rio, un sonido bajo y cálido que a ella le llegó al alma. Luego, mientras caminaban hacia el coche, preguntó:

—¿Hay algún lugar en especial al que te gustaría que te llevara hoy? La ciudad es tuya. Elige. —Julieta no lo dudó ni un segundo.

—El único lugar especial para mí —respondió, mirándolo directamente a los ojos— es a tu lado, Min Ho. Da igual si es un palacio o una tienda de campaña. Así que llévame a donde tú quieras. Con tal de que estés tú, cualquier lugar es perfecto.

Una sonrisa de felicidad pura iluminó el rostro de él. Una sonrisa amplia, desprevenida, de esas que solo ella había logrado arrancarle en toda su vida.

—Entonces... —dijo, y en su tono había una mezcla de timidez y esperanza— ¿te gustaría pasar el día en casa?

Hizo una pausa, y cuando dijo "casa", no se refería solo al edificio. Se refería a lo que esa palabra significaba cuando estaban juntos. Refugio. Intimidad. Verdad.

—¿En tu casa? —preguntó ella, solo para confirmar.

—En nuestra casa —corrigió él, con una suavidad que le desarmó el alma—. Si tú quieres. Podemos cocinar juntos, ver películas, hablar hasta quedarnos sin voz... lo que sea. Pero en casa.

Julieta sintió que el corazón se le llenaba de una luz cálida.

—Eso me encantaría, Min Ho —respondió—. Más de lo que imaginas.

Una vez en el automóvil, con la ciudad desfilando ante ellos como un escenario olvidado, Julieta se recostó en el asiento y lo observó conducir.

La luz de la mañana entraba por la ventanilla, iluminando su perfil, acentuando la línea de su mandíbula, la concentración suave de sus ojos en la carretera. Era tan hermoso que dolía. Y entonces, una idea cruzó su mente.

—Me encanta escucharte hablar en coreano —confesó, con una voz suave, casi tímida—. Hay una musicalidad en tu idioma que me hipnotiza. No entiendo nada, pero podría escucharte horas.

Min Ho lanzó una mirada rápida hacia ella, sorprendido pero claramente halagado.

—¿De verdad?

—De verdad —confirmó ella—. ¿Podrías decirme algo? Lo que sea. Una frase, una palabra. Quiero escuchar cómo suena tu voz en tu idioma.

Él sonrió, concentrándose de nuevo en la carretera.

—¿Te gusta? —preguntó, con curiosidad genuina—. ¿Qué quieres que te diga?

—No lo sé, Min Ho —respondió ella, y luego añadió, con una sonrisa pícara que le iluminaba el rostro—: Lo que tú quieras. De todas maneras no voy a entender.

Hizo una pausa, jugueteando con su dedo.

—Lo único que he aprendido en estos días es una frase que me enseñó Shin Hye —confesó, y luego intentó imitar el acento de su amiga—. Me dijo: "July, cuando más feliz te sientas, dile esto a alguien especial". Y lo dijo justo aquella noche del karaoke, cuando vio que me iba contigo. Me susurró la frase al oído y me hizo prometer que te la diría en el momento adecuado.

Min Ho arqueó una ceja, claramente intrigado.

—Pero nunca me dijo qué significa —concluyó Julieta, con una sonrisa traviesa—. Así que aquí estoy, diciéndotela sin tener ni idea de lo que estoy soltando.

—¿Y cuál es? —preguntó él, con curiosidad contenida.

Julieta se irguió un poco en el asiento, como quien se prepara para recitar algo importante. Respiró hondo, y con una pronunciación cuidadosa, dijo:

—*Jal saeng-gyeo-sseo.*

Min Ho tardó medio segundo en procesarlo. Y entonces, una sonrisa inmensa, que no pudo ni quiso disimular, iluminó su rostro.

—Shin Hye... —murmuró, negando con la cabeza, divertido—. Esa chica...

—¿Qué? —preguntó Julieta, curiosa—. ¿Qué significa?

Él la miró, y en sus ojos había una ternura infinita.

—Significa "eres guapo" —tradujo, con una voz cargada de diversión—. Te enseñó a decirme que soy guapo.

Julieta sintió que el rubor le subía a las mejillas, pero no pudo evitar reír.

—Bueno, pues no mintió —dijo, desafiante—. Eres guapo. Y ahora lo sabes en dos idiomas.

Min Ho rio, un sonido cálido que llenó el coche. Luego, con una mirada llena de devoción, levantó la mano de ella y besó sus dedos uno por uno.

—*A-reum-da-wo* —dijo, en un susurro.

Julieta sintió un escalofrío.

—¿Qué significa eso? —preguntó, con la voz entrecortada.

Él no respondió de inmediato. En lugar de eso, siguió besando su mano, despacio, con una reverencia que la hacía sentir como lo más valioso del universo.

—*A-reum-da-wo* —repitió, contra su piel—. Significa "eres hermosa". Pero no solo por fuera. Es la palabra para cuando la belleza de alguien te llega al alma.

Julieta cerró los ojos, sintiendo que se derretía.

—Por favor, Min Ho —susurró, recostándose en el asiento, entregándose a la sensación de su voz—. Dime más. Dime más en tu idioma. Quiero perderme en el sonido de tu voz.

Él la miró. Vio sus ojos cerrados, la paz en su rostro, la confianza absoluta con la que se entregaba a ese momento.

Y entonces, buscó un lugar donde estacionarse. Con suavidad, desvió el coche hacia un mirador apartado, con vista a la ciudad, pero oculto de las miradas. Apagó el motor. Y el silencio que siguió fue el más elocuente de todos. Se giró hacia ella.

Con una lentitud reverente, tomó su rostro entre sus manos. Como sosteniendo el tesoro más preciado, el más frágil, el más importante de su vida. Sus pulgares acariciaron sus pómulos con una ternura infinita. Y entonces, comenzó a hablar. En coreano. Su idioma. El de su infancia. El de sus sueños. El de sus pensamientos más íntimos.

—*Geu manyeon dong-an nae maeum-eun bin bangui gat-asseo* —susurró, y su voz grave llenó el espacio reducido del coche—. *Neo eobs-i sal-assdeon modeun naldeul-eun geunyang heulleoganeun sigan-e bulgwahass-eo. Seong-gongdo, myeong-yedo, amugeosdo neol daechehal su eobs-eoss-eo.*

(Todos estos años, mi corazón fue como una habitación vacía. Los días sin ti eran solo tiempo que pasaba, nada más. Ni el éxito, ni el reconocimiento, nada pudo llenar el vacío que dejaste.)

Julieta no entendía las palabras, pero entendía todo. Entendía la vibración de su voz, rota por la emoción contenida. Entendía el temblor de sus manos sosteniendo su rostro. Entendía las lágrimas que asomaban a sus ojos sin llegar a caer.

—*Neo eobs-i sal-assdeon sigan-i huhoela-neun ge aniya*— continuó—. *Geu sigan dong-an nae ga baewoon ge manh-a. Hajiman... eodin gal deutmaldeun neol chatgo iss-eoss-eo. Modeun dosi, modeun salam sog-eseo.*

(No me arrepiento del tiempo que viví sin ti. Aprendí mucho en esos años. Pero en cada lugar al que iba, en cada persona que conocía... te buscaba a ti. Siempre a ti.)

Una lágrima rodó por la mejilla de Julieta. Y él besó con suavidad su mejilla.

—*Neoneun nae salm-ui yuilhan sasil-iya* —confesó, y su voz era apenas un susurro—. *Amu geosdo, amudo neoreul jiul su eobs-eoss-eo. Neoui eolgul, neoui useum, neoui nunbit... modeun ge yeong-wonhi nae an-e sal-ass-eo.*

(Eres la única verdad de mi vida. Nada, nadie pudo borrarte. Tu rostro, tu sonrisa, tu mirada... todo vivió siempre dentro de mí.)

Julieta abrió los ojos. Y en los de él, vio todo lo que las palabras no podían decir. Vio los años de soledad. Vio la esperanza que nunca murió. Vio el amor inmenso, infinito, eterno, que había guardado para ella.

—*Saranghae, Julieta* —susurró, por fin, volviendo al español solo para esa palabra, la única que importaba—. *Saranghae.*

Ella no necesitó traducción. Nunca la había necesitado.

—Yo también te amo, Min Ho —respondió, con la voz rota por la emoción—. Siempre te amé. Y siempre te amaré.

Él inclinó la frente contra la de ella, compartiendo el mismo aire, el mismo latido, la misma vida.

—*Neoneun naui jib-iya* —murmuró, contra sus labios—. Tú eres mi hogar.

Y en ese instante, en la intimidad de ese coche estacionado frente a Seúl, con las palabras de él flotando aún en el aire como una bendición, Julieta supo que había encontrado, por fin, el lugar al que siempre había intentado regresar.

No era una ciudad. No era un país. Era él. Siempre fue él.

Aunque las palabras eran incomprensibles para Julieta, su corazón las tradujo perfectamente. Cada sílaba fue una caricia. Cada tono, una promesa. Cada pausa, un latido compartido. No necesitaba entender el significado literal de lo que él decía; su alma, esa que había estado conectada a la de él desde aquel primer encuentro, recibía el mensaje con una claridad absoluta. Cuando él calló, ella suspiró. Embriagada. Perdida. Encontrada.

—Me fascina escucharte —murmuró, con los ojos aún cerrados—. Podría quedarme así para siempre, solo escuchando tu voz.

Al abrir los ojos, encontró su mirada tan cerca que pudo verse reflejada en ella. Y en la profundidad de sus pupilas, descubrió un brillo de estrellas que solo el amor verdadero puede encender. Esa luz que no se fabrica, que no se finge, que solo existe cuando dos almas se reconocen.

Enamorada. Completamente, absolutamente, irrevocablemente enamorada. Se rindió. Ofreció sus labios en un silencioso consentimiento, una entrega que no necesitaba palabras. Y él, que siempre había sabido leerla, los tomó con un beso que era pura poesía.

Un beso que hablaba de "por fin" después de tanto "todavía no". Un beso que susurraba "para siempre" después de un largo "adiós". Un beso que contenía todos los besos que no pudieron darse en catorce años.

Al llegar a la casa —a *su* casa, porque ya empezaba a sentirla así—, eligieron la complicidad de la sala principal.

La música suave de fondo se convirtió en el telón perfecto para su conversación favorita: el descubrimiento mutuo de la inmensidad de su amor. Hablaron de todo y de nada, de recuerdos y sueños, de miedos y esperanzas. Cada palabra era un ladrillo más en ese puente que estaban construyendo entre el pasado y el futuro.

Más tarde, Julieta deleitó su paladar nuevamente con la exquisita gastronomía coreana. Min Ho le servía cada plato con una dedicación casi ceremonial, explicándole los ingredientes, las tradiciones, las historias detrás de cada sabor. Y ella comía con una felicidad que trascendía lo gastronómico, porque cada bocado sabía a él, a su mundo, a su vida compartiéndose con ella.

Luego, pasearon por el jardín. El atardecer teñía el cielo de tonos naranjas y rosas, y las flores parecían inclinarse a su paso, como saludando a la nueva dueña de la casa. Caminaban tomados de la mano, en silencio la mayor parte del tiempo, porque las palabras ya no eran necesarias. La brisa, el aroma, la luz... todo era perfecto.

Al despedirse el atardecer, regresaron a la sala. Min Ho se disculpó y se retiró por unos minutos, dejándola sola.

Julieta se quedó allí, envuelta en el silencio de la casa, permitiendo que la felicidad de los últimos dos días la inundara por completo. Cerró los ojos y saboreó cada instante como el dulce más preciado: el reencuentro en el aeropuerto, la tensión en la oficina, la confesión en el coche, el beso bajo las estrellas, las palabras en coreano, la promesa de un futuro juntos.

Se sentía sumergida en una felicidad tan profunda que casi resultaba abrumadora. Cada mirada de Min Ho era un regalo. Cada caricia, un verso de una poesía que solo sus cuerpos entendían. Y aquellos susurros en coreano, cerca de su oído, eran como un código secreto del corazón; palabras cuyo significado literal ignoraba, pero cuya esencia —promesas de amor eterno, juramentos de lealtad infinita— le llegaba directamente al alma.

—Julieta.

La voz de Min Ho, suave pero llena de propósito, la sacó de su ensueño. Ella abrió los ojos y lo vio frente a ella. Había algo diferente en su expresión, una mezcla de solemnidad y ternura que le aceleró el corazón.

—Quiero entregarte algo —dijo, y su voz era grave, seria—. Algo que, en realidad, siempre te ha pertenecido.

Julieta parpadeó, confundida. Él extendió las manos y depositó en las de ella un estuche de terciopelo azul. Desgastado por el tiempo. Las esquinas, suavizadas por los años. La tela, raída en algunos bordes. Un objeto que había sido manoseado, acariciado, quizás durante generaciones.

Ella lo miró, luego lo miró a él, buscando una explicación.

—Ábrelo —susurró él.

Con manos temblorosas, Julieta obedeció. El estuche se abrió con un pequeño chasquido. Y ella contuvo la respiración.

Sobre el satén blanco, como una joya sacada de un cuento de hadas, descansaba un medallón de oro. Era exquisito. Intrincadamente trabajado, con grabados que parecían contar historias antiguas, con una delicadeza que solo los artesanos de otra época podían lograr. La pátina del tiempo —ese tono dorado suave que solo dan los años— no restaba valor, sino que añadía misterio, historia, alma. Parecía contener la luz de la habitación, atrapándola, devolviéndola en destellos cálidos.

—Es precioso, Min Ho... —susurró Julieta, casi sin aliento—. Y parece muy antiguo.

—Lo es —confirmó él, y su voz grave llenó el espacio—. Ha estado en mi familia por generaciones. Lo usó mi bisabuela, luego mi abuela, luego mi madre. Y cuando llegué a Corea, me lo confiaron a mí.

Julieta observaba la joya, intentando descifrar las historias grabadas en su metal. Flores, quizás. Símbolos de amor y lealtad. Pequeños detalles que hablaban de un tiempo que ella no conocía.

—Pero no me lo dieron para que lo guardara —continuó Min Ho, acercándose un poco más—. Su verdadero propósito era esperar. Esperar a que yo encontrara a la mujer a la que amaría para siempre.

Hizo una pausa, y sus ojos se encontraron con los de ella.

—Y entonces, entregárselo. Para que fuera suyo.

Las palabras resonaron en el silencio de la sala con un peso que Julieta apenas podía procesar. Lo miró fijamente, tratando de comprender la magnitud de lo que eso significaba. No era solo una joya. Era una herencia. Era una tradición. Era la historia de su familia, de sus mujeres, de su sangre, siendo ofrecida a ella.

—Min Ho... —tartamudeó, sintiendo el peso de la historia y la promesa antes siquiera de tenerlo puesto—. ¿Qué haces? Esto es... esto es de tu familia. De tu madre. No puedes...

Él sonrió, con una ternura infinita.

—Mi madre lo sabe —la interrumpió—. Se lo conté hace años. Le hablé de ti, de la niña pelirroja que me robó el corazón en México. Y ella me dijo: "Cuando la encuentres, cuando estés seguro, ese medallón debe estar donde pertenece: en el corazón de la mujer que amas".

Tomó el estuche de sus manos temblorosas y extrajo el medallón con una reverencia casi sagrada.

—Debe estar contigo —declaró, como si fuera la verdad más simple del mundo—. Porque tú eres mi hogar, Julieta. Tú eres mi historia. Tú eres mi futuro.

Con manos que apenas temblaban —él, que siempre mostraba una seguridad imperturbable, temblaba—, rodeó su cuello con la cadena y abrochó el cierre.

El medallón cayó sobre su pecho, justo donde el anillo de graduación había descansado durante años. El metal, frío al principio, pronto adquirió el calor de su piel. Como si siempre hubiera estado destinado a estar allí. Como si su pecho hubiera sido esculpido para sostenerlo.

—Min Ho... —susurró, llevando la mano al medallón, sintiendo su peso, su historia, su promesa—. ¿Estás seguro? ¿Seguro de que quieres que esto sea mío?

Él tomó su rostro entre sus manos, con esa mezcla de firmeza y ternura que la desarmaba por completo.

—¿Seguro de qué? —preguntó, y su voz era tan suave que parecía una caricia—. ¿De mi amor por ti?

Su pulgar acarició su pómulo.

—¿Es que lo dudas, Julieta? ¿Después de todo lo que hemos vivido estos días? ¿Después de catorce años de espera? ¿Después de cada palabra, cada beso, cada promesa?

Ella negó con la cabeza, sintiendo que los ojos se le humedecían.

—No —susurró—. No lo dudo.

—Entonces no preguntes si estoy seguro —dijo él, acercándose hasta que su aliento le acarició el rostro—. Te amo, Julieta. Te amo con toda mi alma, con toda mi historia, con todo mi futuro. Y por siempre será así. No hay vuelta atrás. No la quiero.

La emoción estalló dentro de Julieta como una fiesta de confeti después de años de silencio.

Todas esas dudas tontas que se aferraban como telarañas a los rincones de su corazón se desvanecieron en el instante en que el medallón, ahora caliente por su piel, reposó sobre su pecho. Cada inseguridad, cada miedo, cada "y si...", se disolvió como azúcar en el agua.

Ya no existían las palabras. Solo existía el mapa de sus latidos, que por fin, después de tanto tiempo, coincidían en el mismo ritmo desenfrenado.

Con una risa que era mitad llanto de felicidad, mitad suspiro de liberación, se arrojó a sus brazos sin ningún reparo. Sin pudor. Sin miedo.

Y él, que siempre había sido su refugio incluso cuando no estaba, la atrapó en pleno vuelo. La envolvió en un abrazo que no solo sellaba un pacto, sino que escribía una nueva ley universal: la de su pertenencia mutua. La de dos almas que, después de vagar por separado, por fin habían encontrado su órbita compartida.

Cuando sus labios se encontraron, Julieta no solo lo besó. Firmó con ese beso la rendición más dulce de su vida. Entregó su cuerpo, para que encontrara su hogar en sus brazos. Entregó su alma, que siempre había sido de él, aunque anduviera extraviada por el mundo. Y entregó su futuro, sabiendo que cada amanecer a su lado sería una aventura más grande que cualquier viaje alrededor del mundo.

¿Más ideal? pensó, perdida en su beso, en su calor, en su todo. *Imposible. ¿Más perfecto? Improbable. Esto es todo. Él es mi todo.*

El beso se prolongó, eterno y fugaz a la vez. Cuando por fin se separaron, jadeantes, sonrientes, con las frentes apoyadas una contra la otra, Julieta susurró:

—Te amo, Min Ho. Te amo de una manera que no sabía que era posible.

Él besó sus labios una vez más, suave, breve.

—Y yo a ti —respondió—. Más de lo que las palabras pueden decir. Más de lo que los años pueden medir.

Julieta sonrió, llevando la mano al medallón que ahora descansaba sobre su pecho. Caliente. Vivo. Suyo. Y en ese instante, comprendió la verdad más brillante de su vida:

Después de dar tantas vueltas al mundo buscando su lugar, después de recorrer continentes y acumular millas, después de fotografiar atardeceres en países lejanos... el mapa siempre había estado escondido en la coordenada exacta del corazón de Min Ho.

Su destino no era un lugar. Era una persona. Y por fin, milagrosamente, estaba en casa.

25

El lunes por la mañana, Julieta se había arreglado con esmero mucho antes de lo necesario. Sentada frente a la ventana de su habitación, observaba cómo la ciudad de Seúl despertaba, pero su mente y su corazón estaban en un estado de éxtasis silencioso. Un brillo nuevo iluminaba sus ojos y una sonrisa permanente jugaba en sus labios. El fin de semana había sido un sueño del que no quería despertar, y el futuro, que antes se veía incierto, ahora se extendía ante ella como un paisaje brillante y prometedor.

La idea de tener que regresar pronto a México, que antes la llenaba de angustia, ahora apenas la rozaba. Descansaba sobre la certeza de una promesa tallada no solo en oro, sino en el corazón de Min Ho. Se sentía tan ligera, tan eufórica, que temía literalmente flotar y perder el preciado medallón que era el símbolo tangible de su felicidad. Con un cuidado casi reverencial, lo guardó en la caja de seguridad de su habitación, asegurándose de que su tesoro estuviera a salvo.

Shin Hye llegó con su puntualidad característica, y juntas fueron a desayunar al restaurante del hotel. Bajo la luz de la mañana, Julieta notó de inmediato que su amiga irradiaba una alegría aún mayor de lo habitual. Sus ojos brillaban con un secreto dichoso.

—Y bien, amiga —comenzó Julieta, con una sonrisa cómplice mientras tomaban asiento—. Veo que traes buenas noticias escritas en la cara. ¿No piensas contarme cómo te fue en tu gran cita del sábado?

Shin Hye, como si hubiera estado esperando con ansias el momento de soltarlo, dejó escapar una risita de felicidad.

—¡Fue más que maravilloso, Yuly! —confesó, bajando la voz como si compartiera un tesoro—. Me llevó a cenar a un sitio precioso, con velas y todo... y entonces, me pidió que fuera su novia. —Hizo una pausa dramática, disfrutando del momento—. ¡Y ayer me presentó a su familia! Fue... el día más feliz de mi vida.

—¡Shin Hye, eso es maravilloso! —exclamó Julieta, tomando la mano de su amiga sobre la mesa—. No tienes idea de lo mucho que me alegro por ti. Te mereces toda la felicidad del mundo.

Las dos amigas pasaron el resto del desayuno sumergidas en una conversación animada, compartiendo sus alegrías como dos cómplices en un mundo de sueños cumplidos.

Después, se dirigieron a la televisora. El ambiente era diferente ahora para Julieta; ya no era solo una invitada, sino alguien con un lazo personal y emocional con el lugar. Recogió la USB con el reportaje sobre la Torre de Seúl, y después de revisar rápidamente la calidad del material, se giró hacia el equipo con una calidez genuina.

—El trabajo es excelente. Muchísimas gracias a todos por su esfuerzo y su profesionalismo —dijo, dedicándoles una sonrisa que iluminó la sala. Se despidió con un respetuoso gesto de cabeza, llevándose no solo el reportaje, sino el cariño y el respeto de quienes habían trabajado con ella.

Cerca del mediodía, Julieta y Shin Hye regresaron al área de relaciones públicas. Cuando intentó despedirse, el equipo, que ya la consideraba una amiga, la rodeó con insistencia alegre, pidiéndole que los acompañara a comer al comedor de empleados. Aunque sintió un presentimiento, Julieta no quiso ser descortés y aceptó con una sonrisa.

Mientras caminaban por el amplio vestíbulo, su corazón dio un vuelco brutal. Allí estaba él. Min Ho acababa de entrar al edificio, y por un instante, el mundo se detuvo. Le pareció más apuesto que nunca, con ese aire de autoridad que siempre la había atraído, con esa presencia magnética que lo hacía destacar entre cualquier multitud. El traje impecable, el porte erguido, la seguridad en cada paso.

Una sonrisa comenzó a dibujarse en sus labios, un reflejo involuntario de felicidad. Pero se congeló. Se congeló antes siquiera de completarse. Porque su mirada captó a la mujer que lo acompañaba.

Una coreana de belleza impecable. Elegante, serena, con esa clase de hermosura que parece salida de un cuadro. Vestía con una sofisticación discreta pero evidente, y caminaba a su lado con la familiaridad de quien pertenece a ese mundo, de quien tiene todo el derecho de estar allí.

Demasiado cerca. Demasiado cómoda. Demasiado... suya.

Julieta sintió que el aire se le escapaba de los pulmones. Pero se obligó a respirar. Se obligó a mantener la compostura. Se obligó a ser la profesional que siempre había sido. Sin poder contenerse, se inclinó hacia Shin Hye. Su voz, cuando preguntó, sonó casi normal, como si solo sintiera curiosidad profesional.

—Shin Hye —dijo, con un tono que intentó ser casual—, ¿quién es esa mujer tan hermosa que acompaña al Director General? ¿Es una nueva artista? ¿Una actriz?

Shin Hye siguió su mirada y sonrió, una sonrisa inocente, ajena por completo al terremoto que estaba a punto de desatar.

—¿Ella? —respondió, con naturalidad—. No, Yuly. No es una artista.

Hizo una pausa, y Julieta sintió que el tiempo se estiraba como un chicle.

—Ella es la prometida del Director General Park Min Ho.

Las palabras resonaron en sus oídos. Pero su cerebro se negaba a procesarlas.

Prometida. La prometida. Su prometida.

—¿La... prometida? —logró balbucear, y su voz sonó extraña, lejana, como si no le perteneciera.

Shin Hye asintió, sin detectar el cambio en su tono, sin ver el color que huía de su rostro.

—Sí —confirmó, con esa seguridad de quien cuenta un hecho conocido por todos—. Se dice que se comprometieron hace casi un año. Fue un evento muy sonado, las familias estaban felices. Y creo que la boda será muy pronto, aunque aún no han anunciado la fecha oficial.

Casi un año. Comprometidos desde hace casi un año. Mientras él la besaba a ella. Mientras le regalaba el medallón de su familia. Mientras le juraba amor eterno en coreano.

Julieta sintió que el suelo se abría bajo sus pies. Pero no podía caer. No aquí. No frente a todos.

En ese momento, Min Ho y su prometida se dirigieron al elevador ejecutivo. Caminaban juntos, tan naturales, tan perfectos. Ella dijo algo que lo hizo sonreír, una sonrisa que Julieta creía que era solo para ella. Y entonces ocurrió.

Justo cuando las puertas del elevador comenzaban a cerrarse, Julieta fue testigo de una imagen que le quemaría la retina para siempre.

La mujer se levantó de puntillas. Lo besó en la boca. No fue un roce casual. Fue un beso de verdad. Un beso de pareja. Un beso de prometidos.

Y lo peor. Lo que le partió el alma en dos. Fue que él no hizo el más mínimo movimiento para evitarlo. No se apartó. No la detuvo. No miró alrededor buscando a alguien, buscándola a ella. Simplemente... recibió el beso. Como si fuera lo más natural del mundo. Como si ella tuviera todo el derecho. Como si Julieta no existiera.

Las puertas del elevador se cerraron, engulléndolos, llevándose la imagen que ya era una puñalada directa al corazón.

Julieta sintió que el mundo entero perdía todo su color y sonido. Los colores se desvanecieron, dejando solo una escala de grises cruel. Los sonidos se apagaron, reemplazados por un zumbido agudo, insistente, que le perforaba los tímpanos. Los movimientos a su alrededor se volvieron lentos, irreales, como si ella estuviera viendo la escena desde fuera de su propio cuerpo.

Un frío glacial se apoderó de su pecho. No era el frío de la temperatura. Era el frío del vacío. Del abandono. De la traición.

Y luego, una dolorosa explosión silenciosa. Su corazón, ese órgano terco que minutos antes latía con fuerza solo de verlo, se congeló y estalló en mil pedazos afilados. Cada fragmento se clavó en lo más profundo de su alma, en esos rincones donde había guardado cada promesa, cada caricia, cada palabra en coreano que no entendía, pero sentía.

Te amo, Julieta. Eres mi hogar. Por siempre será así.

Mentiras. Todo mentiras.

Con una fuerza sobrehumana que no sabía que poseía, ahogó el grito que amenazaba con escaparse de su garganta. Apretó la mandíbula, tragó saliva, y mantuvo el rostro impasible.

La máscara. Otra vez la máscara.

Acompañó a sus amigos al comedor, moviéndose como un autómata. Sus piernas se movían por inercia, su boca esbozaba sonrisas que no sentía, su cabeza asentía en los momentos adecuados.

Nadie notó nada. Nadie podía notar nada.

Cuando le ofrecieron una copa de licor coreano —un *soju* fuerte, de esos que queman al pasar—, vio su oportunidad.

—Lo siento mucho —dijo, con una voz que logró mantener firme—, pero tengo una importante cita de negocios. Debo irme.

Hubo protestas, gestos de decepción. Pero ella ya había levantado la copa.

Y para darle veracidad a su mentira, para que nadie sospechara que algo andaba mal, para que su actuación fuera perfecta... y porque en ese momento, con el alma hecha trizas, anhelaba algo, cualquier cosa, que adormeciera el dolor, llevó la copa a sus labios.

Y la vació de un solo trago. El licor le quemó la garganta, un fuego líquido que descendió hasta su estómago. Pero ese dolor físico fue casi un alivio comparado con el que llevaba dentro. Los aplausos y risas de sus compañeros la acompañaron mientras se despedía.

—¡Eso es una mujer, Yuly!

—¡Así se bebe en Corea!

—¡Que tengas éxito en tu reunión!

Sonrió. Asintió. Salió. Y en cuanto cruzó la puerta del edificio, el aire fresco de la tarde le golpeó el rostro.

La embriaguez física —ese ardor en la garganta, ese calor en el estómago— se mezcló con el aturdimiento emocional. Por un momento, solo por un momento, el dolor se amortiguó ligeramente, como si el alcohol hubiera puesto una capa de algodón entre ella y la realidad. Pero solo por un momento. Porque entonces, la realidad regresó con toda su fuerza.

La prometida. El beso. La boda. Pronto.

Julieta caminó sin rumbo, sintiendo que las lágrimas amenazaban con desbordarse. Pero no. No aquí. No en la calle. No en Seúl. Esperaría. Esperaría a estar sola. Esperaría a estar a salvo.

Esperaría a que su corazón, ese que Min Ho había vuelto a romper, dejara de sangrar lo suficiente como para poder llorar sin desmoronarse por completo.

Pero en el fondo, muy en el fondo, sabía la verdad: Algunas heridas no se curan con lágrimas. Y esta... esta era una de ellas.

Tomó un taxi y, en un viaje borroso, llegó a su hotel. En la recepción, con la voz quebrada pero firme, dio instrucciones:

—Me siento indispuesta y necesito descansar. Si alguien me llama o me busca, por favor digan que no estoy disponible.

—No se preocupe, Srta. Pacheco. Cumpliremos sus indicaciones. Descanse.

Al cerrar la puerta de su habitación, la fachada se derrumbó. Julieta se dejó caer en el sillón más cercano, y entonces, como una tormenta que no pudo contener por más tiempo, rompió a llorar. Lágrimas silenciosas y amargas surcaron su rostro, cada una cargada con el peso de las promesas rotas, las palabras de amor que ahora sonaban a burla y la imagen de aquellos labios que, horas antes juraron amarla para siempre, besando a otra mujer. El viento se había llevado sus sueños, y solo quedaban las hojas secas de su felicidad, pisoteadas y rotas.

Él la había hecho sentir, la había hecho *creer*. Le había hecho tragarse la dulce mentira de que su amor había sobrevivido intacto a los años, a la distancia, al silencio. Que ningún otro rostro, por bello que fuera, había logrado opacar el suyo en su memoria. Con sus palabras seductoras y sus miradas que parecían sacadas de un sueño, había logrado convencerla de algo milagroso: que el tiempo no había logrado corroer lo que ellos sentían, y que él correspondía a su amor con la misma feroz intensidad.

Ahora, la cruda verdad le golpeaba el rostro con la fuerza de un huracán: ese amor no era suyo. Nunca lo había sido. Y saberlo, *confirmarlo*, le abría un abismo de dolor en el pecho tan profundo que le robaba el aire.

Por horas interminables, se dejó arrastrar por las lágrimas, sintiéndose perdida en una oscuridad sin fondo. Pero de la profundidad de ese dolor, emergió de pronto una llama inesperada: la rabia. Una rabia pura y amarga que le devolvió la voz.

—Min Ho —susurró hacia las cuatro paredes, su voz ronca por el llanto—. Tal vez pienses que soy la mujer más ingenua del mundo. La que se creyó tu farsa de amor eterno, la que soñó que regresarías por mí, que me pedirías que fuera tu esposa y que construiríamos una vida juntos. Y tal vez lo sea. Pero no me arrepiento de haber confiado en ti, porque mi amor *fue* real. Fue verdadero y puro, y eso es algo que tu mentira no puede manchar.

Una oleada de dolor tan agudo que dobló su cuerpo.

—Este dolor es insoportable —confesó al vacío—, pero no renegaré de lo que viví, de lo que dije, de lo que entregué. Porque a tu lado, incluso en medio de tu engaño, conocí la felicidad más brillante de mi vida. Gracias a ti, ahora sé que la felicidad no es un estado perpetuo... solo son destellos fugaces que se esfuman tan rápido como llegaron.

Secó sus lágrimas con el dorso de la mano, con una determinación nacida del despecho.

—Y sin importar si lo mereces o no, una parte de mí te seguirá amando. Pero este amor... esta última y tonta reliquia de lo que fuimos... la guardaré bajo llave en el rincón más secreto de mi corazón. Será mi cicatriz, mi vergüenza y mi tesoro. Y tú... tú jamás lo sabrás. Eres la última persona en este mundo que merecería conocerlo.

Con una energía nueva, febril, Julieta se levantó del sillón y comenzó a preparar su equipaje. El avión a México salía temprano, y cada prenda doblada era un adiós silencioso a un sueño roto. Al vaciar la caja de seguridad, sus dedos tropezaron con la fría superficie del medallón. Un nuevo dolor, punzante y simbólico, le recorrió el pecho. Sin permitirse pensar, sin tener la fuerza para decidir su destino en ese momento, lo arrojó a su bolso de mano junto al resto de sus pertenencias, como enterrando un cadáver incómodo del que tendría que deshacerse más tarde.

26

El martes por la mañana, el aeropuerto de Seúl era un lugar de esperanzas rotas para Julieta. Después de cumplir con los trámites de rigor, se ocultó detrás de sus lentes oscuros, un escudo necesario contra las miradas curiosas y las huellas imborrables de su llanto. A pesar de la evidencia, su corazón, testarudo y romántico, se aferraba a un último hilo de fe. Con discreción, su mirada recorría la terminal una y otra vez, buscando entre la multitud la figura de Min Ho. Una parte de ella, la que aún creía en los finales de película, esperaba que apareciera corriendo, desesperado, para confesarle que todo había sido un error, que la amaba y que no podía dejarla ir.

Cuando anunciaron su vuelo, un nuevo escalofrío de esperanza la recorrió. Antes de cruzar hacia la sala de abordaje, se detuvo y volvió la mirada una última vez. *"Siempre es en el último momento"*, pensó, recordando todas las historias donde el héroe llega justo a tiempo para detener a la heroína. Pero los segundos pasaron, y la única persona que corrió fue un hombre apresurado por tomar otro vuelo.

Ya en su asiento, junto a la ventanilla, su corazón no se rendía. Mientras el avión se desplazaba hacia la pista, sus dedos se aferraron a los descansa brazos. Cada segundo que pasaba era una oportunidad menos. Imaginó, con una claridad dolorosa, a Min Ho llegando al aeropuerto, convenciendo a la tripulación, subiendo al avión para declararle su amor ante todos. Pero el rugido de los motores se intensificó, el avión ganó velocidad y, finalmente, despegó. Seúl, Min Ho y todos sus sueños se quedaron atrás, en el suelo. Él no vino.

Durante catorce años, Julieta había caminado por la vida con una tristeza sorda, alimentada por la idea de que el olvido de Min Ho había sido un accidente del destino. Su amor fue tan grande, que incluso en el dolor guardaba la esperanza secreta de un reencuentro. Ahora, ese último consuelo se había esfumado. Regresaba a casa no solo con el corazón destrozado, sino con la certeza absoluta de su traición. La esperanza había muerto, y lo que quedaba era un vacío más frío y oscuro que cualquier otro que hubiera conocido.

Al aterrizar en la Ciudad de México, la realidad familiar la esperaba como un suave abrazo. Allí estaban sus padres y Betty, su amiga de toda la vida y ahora cuñada, con sonrisas de bienvenida. Con una sonrisa tan falsa como brillante, Julieta se fundió en el abrazo de su madre, aguantando las lágrimas que ardían en sus ojos.

—¿Cómo le fue a mi preciosa pelirroja? —preguntó su padre, con ese orgullo que siempre la hacía sentir especial.

—Como siempre, papi —respondió, forzando un tono alegre—. Todo estuvo de maravilla. Conocí gente y lugares increíbles.

—Entonces voy por tu equipaje —dijo él, emocionado—. ¡Ya quiero que nos cuentes todo!

En cuanto se alejó, Betty se acercó.

—Toda la familia está en la casa, Julieta. Ya sabes que somos tus fans más grandes y queremos escuchar tus historias antes de verlas en el blog.

—Lo haré con mucho gusto, Betty —aseguró Julieta, sintiendo el peso de la actuación.

—Pero antes —intervino su madre, con una mirada que parecía ver a través de su fachada—, tienes que refrescarte y descansar.

Julieta asintió, agradeciendo el pretexto para refugiarse en su habitación. Cuando su padre regresó con el equipaje, la charla superficial sobre Corea los acompañó hasta el auto y durante el camino a casa. Un hogar que, para Julieta, ya nunca volvería a sentirse igual, porque ahora sabía con certeza que el amor de su vida no solo la había olvidado, sino que había elegido construir su futuro con otra persona.

Por primera vez en su vida, Julieta deliberadamente evitó voltear hacia la casa de los Park. La impoluta fachada, el jardín perfectamente cuidado que simulaba una presencia que ya no existía, le resultaba un espectáculo insoportable. Era un recordatorio fantasma, una belleza que escondía la traición más dolorosa.

Al cruzar el umbral de su casa, fue recibida por un bullicio amoroso. Sus hermanos, sus cuñadas y el revoltoso grupo de sobrinos se abalanzaron sobre ella en una ola de abrazos y risas que, por un momento, lograron ahogar el eco del vacío en su pecho. La tarde se llenó de una deliciosa comida y de anécdotas de viaje que Julieta relató con una sonrisa brillante y un corazón de plomo. Finalmente, con su sabia autoridad, la Sra. Pacheco dispersó a la familia, alegando que la viajera necesitaba descanso.

Cuando por fin se quedaron solas, la madre acompañó a Julieta hasta su habitación.

—Descansa, cariño —le dijo, acariciándole el cabello con una ternura que casi derriba la frágil compostura de Julieta—. No hay prisa por nada.

No hizo más preguntas. Conocía a su hija demasiado bien; sabía que el dolor necesita tiempo para encontrar su voz.

Una vez a solas, Julieta puso música suave para enmascarar sus pasos. Luego, buscó refugio en el balcón, ese testigo silencioso de todos sus sueños. Allí, con la vista fija en la casa que una vez representó toda su felicidad, permitió que las lágrimas corrieran en silencio. Pero solo se concedió unos minutos de desahogo. Se secó los ojos con determinación; no podía permitir que sus padres vieran las grietas en su armadura.

Al día siguiente, se refugió en la rutina. En su oficina, repartió los regalos traídos de Corea con una sonrisa profesional. Se sumergió en los correos electrónicos, en los pendientes, en la edición del material sobre Seúl. Transformar su dolor en belleza para su blog era una forma de exorcismo.

Los días siguientes los llenó de actividades: visitas a sus hermanos, cafés con amigas, compras con su madre, salidas al teatro. Era una huida constante, un intento frenético de llenar cada espacio en blanco donde Min Ho pudiera colarse. Pero las noches eran traicioneras. En la quietud de su habitación, los recuerdos acudían implacables, y el dolor se renovaba con una frescura cruel.

Algunas tardes, un impulso más fuerte que su voluntad la llevaba al parque. Se sentaba en el mismo columpio de su infancia y se mecía suavemente, entregándose al torrente de memorias. Fue en una de esas tardes, cuando la melancolía la tenía más secuestrada, que su madre llegó sin hacer ruido y se sentó en el columpio contiguo. No dijo una palabra. Solo esperó, creando un espacio de silencio comprensivo donde la verdad, tarde o temprano, siempre florece.

La confesión brotó entonces como un río desbordado. Entre suspiros y lágrimas contenidas, Julieta le contó a su madre todo. Desde el instante en que sus ojos se encontraron con los de Min Ho en el aeropuerto, hasta el desgarrador momento en que vio a su prometida besarlo. Cuando terminó, exhausta, añadió con la voz quebrada:

—Perdona que no te lo haya contado antes, mamá... es que ni siquiera podía pronunciar su nombre sin que el corazón se me hiciera trizas.

—No necesitas pedir perdón, cariño —respondió su madre, tomándole las manos con firmeza—. Yo siempre he sabido lo profundo que es tu amor por él.

—*Era*, mamá —corrigió Julieta, con una determinación que sonaba a frágil armadura—. Con toda mi alma, *era*. Pero para mí, eso ya terminó.

—Me alegra oír eso —dijo su madre con un tono extrañamente significativo—, porque hay algo que debes saber...

—¿Qué cosa, mamá?

—Nuestros buenos y viejos amigos... los Park... regresan a México. Vuelven a su casa.

Las palabras cayeron como una losa. Julieta palideció de inmediato, como si le hubieran drenado la sangre.

—¡¿Qué?! —logró articular—. ¿Cómo... cómo lo sabes?

—Mi amiga me llamó esta mañana —explicó la Sra. Pacheco con calma—. Su esposo se ha retirado definitivamente de los negocios y están felices porque por fin pueden volver. No sé si Min Ho vendrá a quedarse, pero ella me comentó que él llegará unos días después que ellos.

La noticia impactó en Julieta con la fuerza de un rayo. Su mente, que con tanto esfuerzo había empezado a blindarse, se convirtió en un torbellino donde solo una frase resonaba en un eco ensordecedor: *"Él va a venir"*.

Una tormenta de emociones contradictorias se desató en su pecho. ¿Debía alegrarse? ¿Debía encolerizarse? La confusión la dejó paralizada. Y entonces, como una sombra fría, surgió el miedo. Un terror visceral a tener que enfrentar la realidad de verlo caminar por su calle, de cruzarse con él, de ser testigo, quizás, de que llegara acompañado de su prometida. ¿Tendría la fuerza para soportar esa imagen sin que su mundo, una vez más, se hiciera añicos?

27

La Sra. Pacheco, comprendiendo que su hija acababa de recibir un impacto emocional, aguardó en silencio a que Julieta procesara la noticia. Lo que siguió, sin embargo, la tomó por completo por sorpresa.

—Nunca lo creí capaz de algo de tan mal gusto —declaró Julieta, con una frialdad que su madre no le conocía—. Sin duda, Min Ho traerá a su *bella prometida* para presumirle el país que fue su hogar. Estoy tan... indignada, que tengo deseos de devolverle su medallón anudado como corbata.

La Sra. Pacheco contuvo una sonrisa. Esta ira, tan inusual en su hija, era mil veces preferible a la desolación silenciosa de los días anteriores.

—Si él es tan insensible como para hacer algo así —declaró con convicción—, yo misma te ayudo a ajustarle el nudo, hija.

En el fondo, la Sra. Pacheco se negaba a creer que el joven que había visto crecer pudiera ser tan cruel. Pero prefirió alimentar el fuego del enojo de Julieta antes que verla consumirse otra vez en las brasas de la tristeza.

Los días siguientes se convirtieron en una tortura sutil para Julieta. La noticia del regreso de los Park y del compromiso de Min Ho había electrizado a sus hermanos. La emoción de volver a ver a su viejo amigo era el tema central de cada conversación, junto al entusiasmo por presentarle a sus esposas e hijos. Julieta debía escuchar, impasible, cómo alababan sus recuerdos de Min Ho, pero lo que más le quemaba por dentro era el genuino interés de todos por conocer y agradar a la prometida.

Finalmente, llegó el día. En el aeropuerto, los ceremoniosos formulismos coreanos se disolvieron en la alegría del reencuentro. Los Sres. Park, con los ojos brillantes, repartían abrazos entre la familia Pacheco como si el tiempo no hubiera pasado.

Cuando le tocó el turno a Julieta, la Sra. Park la tomó de las manos con especial cariño.

—Siempre reviso las interesantes noticias que publicas en tu blog —confesó, con una sonrisa cálida—. Soy una de tus seguidoras más fieles. Pero déjame decirte, que en persona eres mucho más hermosa.

—Gracias, Sra. Park —respondió Julieta, sintiendo una punzada de dulzura agridulce—. Usted sigue siendo tan linda y encantadora como siempre.

A Julieta le conmovió verlos, y no le sorprendió la atención especial que le brindaba la Sra. Park. Su madre siempre le había dicho que la señora nunca olvidó, ni por un instante, el abrazo espontáneo y lleno de amor con el que una niña de trenzas rojas le dio la bienvenida a su hijo, marcando su destino desde el primer día.

El equipaje fue recogido y la caravana familiar partió del aeropuerto. En la camioneta de los Pacheco, los señores Park iban acompañados por Julieta, pues la Sra. Park, con una ternura palpable, parecía renuente a soltarla, como si en ella encontrara un vínculo precioso con este hogar que retomaban.

Tras dejarlos en su antigua casa y compartir una charla breve pero cargada de emoción, los Pacheco se retiraron para permitirles descansar. No sin antes extender la invitación a una cena de bienvenida que los antiguos amigos del vecindario habían organizado para la noche siguiente. La aceptación de los Park fue inmediata y llena de alegría.

La cena fue un evento íntimo, una reunión de las "personas mayores" cuyas vidas se habían entrelazado años atrás en las gradas de la secundaria. La velada transcurrió entre anécdotas y risas, tejiendo de nuevo los hilos de una amistad que el tiempo no había logrado desgastar.

A partir de entonces, se estableció una dulce rutina: las tardes de café y conversación entre los cuatro. Pero el verdadero encanto llegaba con el regreso de Julieta del trabajo. Al verla entrar, la charla se pausaba y los rostros de los Park se iluminaban con una admiración sincera. Le pedían que tocara el piano o que compartiera alguna anécdota de sus viajes, y ella, siempre gentil, accedía complacida, encontrando en su cariño un consuelo inesperado.

Diez días después de la llegada de los padres de Min Ho a Corea, él aterrizó en México.

El avión tocó tierra en un aeropuerto que conocía bien, en un país que llevaba grabado en el alma desde la adolescencia. Y allí, esperándolo en la sala de llegadas, estaba casi todo el mundo que había marcado su vida.

Sus padres, orgullosos y emocionados, con los brazos abiertos y los ojos brillantes. La familia Pacheco al completo: el señor Pacheco con su sonrisa amplia, la señora Pacheco con un pañuelo en la mano para secarse las lágrimas, y cada uno de los hermanos —Antonio, Alejandro, Mario y David— formando una fila de abrazos y palmadas en la espalda.

El antiguo grupo de baloncesto también había acudido. Los amigos de la infancia, los que compartieron tardes de partidos y sudor, los que lo vieron crecer y marcharse. Todos estaban allí.

El bullicio fue inmediato. Abrazos, risas, exclamaciones en español y coreano mezclándose en una cacofonía alegre. Palmadas en la espalda que resonaban como disparos de felicidad. Preguntas que se atropellaban unas a otras.

—¡Min Ho, hijo, qué grande estás!

—¡Ya era hora de que volvieras!

—¡Vas a tener que contarnos todo!

—¡Esta noche hay fiesta, no hay excusa!

Él reía, emocionado, abrazando a cada uno, buscando entre la multitud un rostro en particular. El único que realmente importaba.

Pero no estaba.

Todos estaban allí. Todos excepto Julieta.

Min Ho sintió un vacío frío en el pecho, pero no dijo nada. No preguntó. Aún no.

Fue más tarde, cuando el bullicio inicial se calmó, que la señora Pacheco se acercó con una sonrisa que intentaba ser tranquilizadora pero que no lograba ocultar del todo su propia preocupación.

—Min Ho, hijo —dijo, con esa dulzura que él recordaba tan bien—, Julieta me pidió que te diera sus disculpas. Tuvo un compromiso impostergable en la Embajada de Japón. Algo relacionado con su trabajo, muy importante. No pudo evitarlo.

La excusa era perfecta. Elegante. Cremosa. Y él supo, con una certeza que le heló la sangre, que era mentira. Pero asintió. Sonrió. Apretó la mano de la señora Pacheco.

—No se preocupe —dijo, con una calma que no sentía—. Ya la veré estos días.

Pero en el fondo, ambos sabían que no era tan sencillo.

Ese mismo día, mientras Min Ho era recibido con abrazos en el aeropuerto, Julieta se refugió en su oficina como en una trinchera.

Desde primera hora de la mañana, se había sumergido en el trabajo con una intensidad casi obsesiva. Respondió correos, revisó informes, adelantó proyectos, planificó viajes. Cada fibra de su ser la concentró en tareas que no le dejaran espacio para pensar, para sentir, para recordar.

Cuando sus asistentes se marcharon, cuando el edificio quedó en silencio, una amiga de confianza pasó a recogerla. Cenaron en un lugar discreto, alejado de cualquier zona que pudiera cruzarse con el pasado. Hablaron de todo y de nada, y su amiga, cómplice silenciosa, no preguntó.

No hacía falta. Sabía que algo andaba mal, pero respetaba el silencio de Julieta como el mayor acto de cariño que podía ofrecerle.

Cerca de las nueve de la noche, el coche se detuvo frente a la casa de los Pacheco.

—¿Estás bien? —preguntó su amiga, con una suavidad que casi la desarma. —Julieta asintió, forzó una sonrisa.

—Sí. Gracias por todo. Te llamo mañana.

Bajó del auto. Y entonces, el corazón le dio un vuelco seco. Tan seco que por un momento creyó que iba a caer de rodillas.

Allí, al otro lado de la calle, con la familiaridad de quien nunca se fue, venía un grupo de hombres.

Reconoció las siluetas antes de distinguir los rostros. Los hermanos, con su forma de caminar desgarbada y segura. Los amigos del barrio, con sus risas y sus bromas. Todos ellos, sí.

Pero uno destacaba. Uno que caminaba en medio, como si siempre hubiera sido el centro. Min Ho.

Venían del parque, seguramente. Del partido de baloncesto. De esas tardes que ella recordaba con una nostalgia tan dulce que dolía.

La escena era un eco doloroso de su adolescencia. Las mismas calles. Las mismas risas. La misma luz de farolas pintando las siluetas.

Pero ahora, su lugar en ella había sido usurpado.

Ella ya no era la niña que lo esperaba en el balcón. Ya no era la que bajaba corriendo las escaleras para recibirlo. Ya no era la que se sentaba en las gradas a verlo jugar.

Ahora era una extraña. Una que huía.

Sin pensarlo —no podía pensar, no debía pensar—, Julieta se convirtió en un fantasma.

Giró sobre sus talones con una rapidez que no sabía que poseía. Sus dedos, temblorosos, encontraron las llaves. La puerta se abrió con un chirrido que le pareció ensordecedor. Se deslizó al interior de la casa sin hacer ruido, como una sombra, como alguien que no quiere ser visto.

No se detuvo a saludar. No miró atrás. No se permitió ni un segundo de duda.

Cerró la puerta con un golpe suave, casi silencioso, y entonces, solo entonces, se permitió respirar. Pero no era suficiente.

Subió las escaleras directamente hacia su habitación. Sus piernas, que amenazaban con fallarle, la sostuvieron a duras penas. Los escalones crujían bajo sus pies, pero ella apenas lo notaba. Solo sentía el latido frenético de su corazón, ese tambor de guerra que le golpeaba las costillas con una furia desbocada.

Al fin, la puerta de su habitación. Entró. La cerró. Apoyó la espalda contra la madera. Y allí, en la soledad de su cuarto de siempre, en ese espacio que había sido su refugio desde la infancia, dejó que el latido frenético de su corazón resonara sin testigos.

Respiraba hondo. Una, dos, tres veces. Intentaba calmarse, convencerse de que había hecho lo correcto.

Lo esquivé, pensó, con una mezcla de alivio y dolor. *Por ahora. Lo esquivé por ahora.*

Pero en el fondo, muy en el fondo, sabía la verdad. No podía esquivarlo para siempre. Tarde o temprano, tendría que enfrentarlo. Tarde o temprano, tendría que mirarlo a los ojos y preguntarle. Tarde o temprano, tendría que saber.

Pero no hoy. Hoy solo quería desaparecer.

Se deslizó por la puerta hasta sentarse en el suelo, abrazándose las rodillas, meciéndose ligeramente. Como cuando era niña. Como cuando el mundo era demasiado grande y ella demasiado pequeña.

Afuera, las risas se alejaban calle abajo. Adentro, solo quedaba el silencio. Y un corazón roto que no sabía si algún día volvería a sanar. No encendió la luz.

La habitación permanecía a oscuras, solo iluminada por la tenue claridad que se filtraba desde la calle. Con la sigilosa atención de un felino —de esos que observan a su presa sin hacer el más mínimo ruido—, Julieta corrió un poco la cortina.

Solo un poco. Lo justo para ver sin ser vista. Escudriñó la escena callejera con una intensidad que dolía.

Todos permanecían reunidos frente a la casa de Min Ho, justo al otro lado de la calle. Las risas llegaban hasta ella en ráfagas, fragmentos de conversaciones alegres, el bullicio de un reencuentro que ella debería estar compartiendo.

Y allí estaba él. En medio del grupo, con esa facilidad suya para ser el centro sin esforzarse. Reía con sus hermanos, conversaba con los viejos amigos, gesticulaba con esa calidez que ella conocía tan bien. Parecía feliz. Relajado. Como si no tuviera un peso en la conciencia. Como si no llevara una promesa de boda en el bolsillo y un medallón de familia regalado a la mujer equivocada.

—¿Qué haces, Julieta? —la voz suave de su madre sonó detrás de ella, tan de repente que casi la hace saltar—. ¿Estás espiando? —Julieta no se volvió. No apartó los ojos de la ventana.

—¿Ya lo viste, mamá? —preguntó, y su voz era un susurro cargado de amargura—. Míralo... ahí está. Tan feliz. Tan campante. Charlando y riendo como si no tuviera un peso en la conciencia.

Hizo una pausa, apretando la cortina entre sus dedos.

—¡Lo odio! —exclamó, y la palabra le quemó la boca, porque no era verdad, porque odiar sería más fácil que esto, pero sonaba bien, sonaba a venganza—. Lo odio con toda mi alma.

Su madre se acercó despacio, con esa calma que solo las madres tienen. Deslizó un brazo sobre sus hombros, un gesto de protección y consuelo que Julieta conocía desde la infancia.

—Claro que lo vi —dijo, con una tranquilidad que contrastaba con la tormenta de su hija—. Fuimos a recibirlo al aeropuerto, ¿recuerdas? Estuvimos todos. Bueno, casi todos.

Julieta sintió el reproche implícito, pero no respondió.

—Después de saludarnos —continuó su madre—, me preguntó específicamente por ti. Por tu nombre. "¿Y Julieta?", dijo. Como si fueras lo primero que le vino a la mente al pisar México.

Julieta contuvo la respiración.

—Le conté lo de tu... supuesta cita en la embajada —la miró de reojo, con una ceja arqueada que decía "sé perfectamente que fue mentira"—. Y aunque intentó disimularlo, noté que sus ojos recorrían el lugar una y otra vez, como esperando que aparecieras en cualquier momento. Como si no pudiera creer que no estuvieras.

Julieta se volvió por fin a mirarla. En sus ojos verdes, una chispa de incredulidad.

—¿En serio notaste eso, mamá? —preguntó, y en su voz había un dejo de esperanza que ella misma despreciaba—. ¿O solo me lo dices para que me sienta mejor?

—Sí, hija —respondió su madre con firmeza—. Lo noté. Y no soy la única. Tu padre también lo comentó después. Creo que tu ausencia lo decepcionó más de lo que quiso admitir.

Una sonrisa amarga se dibujó en los labios de Julieta.

—¡Me alegra! —exclamó, y la palabra sonó feroz, liberadora—. Así sabrá lo que se siente. Así sabrá lo que duele cuando la persona que amas no se presenta. Cuando desaparece sin explicación. Cuando no hay una llamada, ni un mensaje, ni una maldita palabra de despedida.

Su voz temblaba, pero no iba a llorar. No otra vez. Su madre apretó su hombro con suavidad.

—Tal vez —sugirió, con esa cautela que solo da la experiencia— deberías darle el beneficio de la duda. Escuchar lo que tenga que decir. A veces las cosas no son lo que parecen, Julieta. A veces hay explicaciones que no conocemos.

—¡Eso quisiera él! —replicó Julieta, y la amargura volvió a teñir sus palabras—. Una oportunidad para justificarse, para contarme su versión, para hacerme dudar de lo que vi con mis propios ojos. Pero no es necesario, mamá. A mí me quedó clarísimo.

Se apartó de la ventana, dando unos pasos dentro de la habitación.

—Fue infiel con su prometida —dijo, y cada palabra era un puñal que ella misma se clavaba—. Todo lo que me dijo en Corea, todas esas promesas, ese medallón de familia, los "te amo" en coreano... todo fue una mentira. Una gran mentira.

—No lo sé, cariño —insistió su madre, con paciencia infinita—. A veces las circunstancias nos pintan de culpables sin que lo seamos. Yo conocí a Min Ho, Julieta. Lo vi crecer. Lo vi enamorarse de ti. Ese niño no era un mentiroso.

—Ese niño ya no existe, mamá —contestó Julieta, con un temblor en la voz que delataba la herida fresca, sangrante—. El Min Ho que conocimos se convirtió en un hombre que tiene una prometida. Y no es un secreto. Todo el mundo en su empresa lo sabe.

Se volvió hacia su madre, y en sus ojos verdes había un dolor tan inmenso que partía el alma.

—Llevan comprometidos un año, mamá. Un año. Y la boda es inminente, eso dicen todos. —Tragó saliva, luchando contra el nudo que le cerraba la garganta—. Pero eso no es lo peor.

Su voz se quebró.

—Lo peor... lo que más duele... es que nunca hizo el intento.

Las palabras cayeron en el silencio de la habitación como piedras en un pozo.

—Ni cuando éramos adolescentes, cuando se fue sin una explicación, sin un adiós de verdad. Ni ahora, después de todo lo que vivimos en Seúl, después de todas esas promesas... tuvo mil oportunidades de buscarme para aclarar las cosas. Mil. Y no lo hizo.

Las lágrimas amenazaban, pero ella las contuvo. Apretó los puños.

—Ni una llamada, mamá. Ni un mensaje. Nada.

Esa era la verdadera esencia de su dolor. No la prometida. No el beso en el ascensor. No la boda inminente.

Era haber sido, una y otra vez, una opción tan descartable que ni siquiera merecía una despedida o una disculpa.

Su madre la observó en silencio un momento. Luego, con esa firmeza que solo las madres tienen cuando es necesario, habló:

—Bueno, en cualquier caso, no puedes pasarte la vida escondida detrás de una cortina, Julieta.

Julieta la miró, sorprendida por el cambio de tono.

—Tú no has hecho nada malo —declaró su madre—. Nada. La que ha sido engañada, la que ha sido traicionada, eres tú. Así que no tienes por qué esconderte como si fueras la culpable.

Enderezó la espalda, y en sus ojos brillaba una determinación feroz.

—Mañana asistiremos a la fiesta de bienvenida que sus padres le han preparado. Todos. Y tú vas a ir.

Julieta sintió que el suelo desaparecía bajo sus pies.

—¡No, mamá! —exclamó, dando un paso atrás—. Yo no puedo ir. Por favor, entiéndelo. Sería demasiado doloroso. Tener que sonreír, tener que fingir, tener que escuchar los brindis por su futuro matrimonio... —Su voz se rompió.—No podría soportarlo, mamá. De verdad que no.

Su madre cruzó la distancia que las separaba y tomó sus manos entre las suyas.

—Tarde o temprano tendrás que enfrentarlo, Julieta. Eso lo sabes. No puedes huir siempre. —Apretó sus dedos con suavidad.—Y qué mejor que hacerlo rodeada del cariño y la protección de tu familia, ¿no crees? Tu padre, tus hermanos, yo... todos estaremos allí. Contigo. Para lo que necesites.

Julieta sintió que las palabras de su madre, sabias y llenas de amor, calaban hondo en su corazón. Como agua en tierra seca. Una sonrisa temblorosa asomó a sus labios. Pequeña, frágil, pero genuina.

—Sí, mamá —susurró—. Gracias.

Tomó las manos de su madre entre las suyas, apretándolas con gratitud.

—Gracias por estar siempre conmigo. Incluso cuando me espías espiando —bromeó, con un dejo de cariño—. ¿Qué haría yo sin ti? —Su madre rio, suave.

—No lo sabremos nunca, porque pienso quedarme aquí para fastidiarte muchos años más.

Julieta sonrió, y por un momento, el dolor se alivió. Pero entonces recordó.

—Mamá... —dudó, mordiéndose el labio—. ¿Me ayudarás a arreglarme? Para mañana.

Los ojos de su madre brillaron con una chispa de picardía.

—¿Ayudarte? —repitió, con una sonrisa que prometía cosas grandes—. Por supuesto que sí. Y no solo a arreglarte.

Se acercó un poco más, bajando la voz como si compartiera un secreto de estado.

—Vamos a lograr que luzcas tan radiante, tan espectacular, tan deslumbrante... que Min Ho se pase toda la noche preguntándose cómo pudo ser tan idiota al dejarte escapar.

Julieta parpadeó. Y entonces, sin poder evitarlo, soltó una carcajada. Era una risa liberadora, catártica, que mezclaba el dolor con la esperanza, la tristeza con la determinación. Una risa que decía "sí, puedo hacer esto". Su madre rio con ella, y en ese instante, el plan dejó de ser sobre una simple fiesta.

Se convirtió en una misión. Una misión con un objetivo claro: mostrarle a Min Ho, y al mundo entero, que Julieta Pacheco era una mujer que sabía levantarse.

Que podía caer, sí. Que podían romperle el corazón, sí. Pero que siempre, siempre, se levantaba. Más brillante que nunca. Más fuerte que nunca. Más ella que nunca.

Y esa, pensó Julieta mientras abrazaba a su madre, era la mejor venganza de todas.

28

Al terminar de platicar con su mamá y quedarse sola, Julieta no pudo resistir la tentación. Volvió a apartar la cortina solo un instante, justo a tiempo para ver a Min Ho despedir a sus hermanos. Pero lo que hizo que su corazón diera un vuelco fue verlo quedarse inmóvil, con la mirada perdida, clavada directamente en su balcón. Una mezcla de rabia y de vanidad herida le recorrió el cuerpo. *¿Qué estaría pensando?*

Cuando él finalmente entró en su casa, Julieta soltó la cortina con un suspiro. Se preparó para dormir, anclada en su enojo. Sin embargo, la imagen de su figura bajo la luz de la luna, tan apuesta y familiar, se le impuso. Y con ella, llegaron, traicioneros, los recuerdos de sus besos: suaves, urgentes, llenos de promesas. Fue con ese conflicto en el pecho, entre el rencor y la nostalgia, que se quedó profundamente dormida.

Por la mañana, la rutina fue su escudo. Desayunó, trabajó en la oficina, pero la inquietud crecía en su interior como una enredadera. Al regresar a casa, el nerviosismo por la fiesta era tal que, buscando un momento de calma, se recostó y cayó en un sueño pesado y reparador.

Su mamá la despertó con suavidad. Entonces, Julieta inició un ritual lento y deliberado. Un baño relajante, luego el maquillaje aplicado con precisión, el peinado que dejaba su melena roja como una seda sobre sus hombros. Finalmente, se puso el vestido negro, un lienzo perfecto que hacía arder su cabellera y acentuaba cada curva. Las gotas de perfume en sus muñecas y cuello fueron el toque final, su armadura invisible.

Al bajar, Betty no pudo contener una exclamación genuina:

—¡Julieta, estás preciosa!

—Mira quién lo dice —respondió Julieta con una sonrisa serena—, tú luces hermosa. ¿Verdad, David?

Su hermano, absorto en su esposa, parpadeó.

—Eh... ¿Qué dijiste?

—Que tu mujer luce hermosa.

—¡Ah! —exclamó, sonrojándose—. Las dos se ven tan espectaculares, que me voy a sentir el tipo más afortunado del lugar al entrar con mi esposa y mi hermanita.

Mientras Betty premiaba a David con un beso, Julieta captó la mirada silenciosa de sus padres. No había alegría en sus ojos, solo una preocupación tan densa que casi se podía tocar. No quería que sufrieran por ella. Con un brillo falso pero convincente en la mirada, preguntó:

—Bueno... ¿Ya estamos listos para disfrutar de la fiesta o tenemos que esperar al resto de nuestra honorable familia?

—Estamos listos, hija —respondió su madre—. Los demás ya están allá.

—Perfecto. Entonces debemos irnos ya, o se notará que somos los últimos en llegar y creerán que queríamos hacer una entrada dramática.

David les ofreció el brazo a ambas mujeres, su padre a su madre, y salieron de la casa como un frente unido. Pero al cruzar la puerta hacia el enorme jardín, transformado en un escenario de luces y música, Julieta sintió que todas las miradas se volvían hacia ella.

Varios amigos se acercaron de inmediato, pero sus saludos sonaban lejanos, como si llegaran desde el fondo de un túnel. Julieta asentía, sonreía, respondía con automatismos aprendidos, pero su mente estaba en otra parte. O mejor dicho, en alguien.

Su belleza, esa noche, no era solo un atributo. Era un desafío. El vestido negro que su madre había elegido para ella ceñía su figura con una elegancia serena, y su cabello rojo caía en ondas suaves sobre sus hombros. Había dedicado horas a prepararse, a construir esa armadura de luz, y funcionaba. Las miradas se volvían a su paso, los susurros de admiración la seguían. Pero solo una mirada importaba.

Y en el centro de la multitud, antes siquiera de verlo, supo que Min Ho ya la había visto. Era una certeza física, una electricidad en el aire, un cambio en la presión del ambiente. Podía sentir sus ojos sobre ella como un calor tangible.

Los señores Park se acercaron con sonrisas radiantes, y en sus miradas había un brillo de complicidad que Julieta no pudo descifrar. Tal vez era alegría genuina por verla. Tal vez era compasión. Tal vez era algo más, algo que ella, en su estado, no podía procesar.

Sus labios se movieron, intercambiando unas palabras —un saludo, un cumplido, una bienvenida—, pero el sonido se perdió en el zumbido de su propia ansiedad. Ese zumbido constante, agudo, que le taladraba los oídos y le nublaba la mente.

Su mente era un torbellino de un solo nombre.

Min Ho. Min Ho. Min Ho.

Como un latido. Como un lamento. Como una maldición.

Al sentarse en la mesa de honor —esa reservada para los amigos más especiales, un lugar que antes la habría llenado de orgullo—, su mirada fue atraída como por un imán hacia el otro extremo del jardín.

Allí estaba él. El centro de atención. El invitado de honor. El hijo pródigo que regresaba.

Rodeado por un círculo de amigos y admiradoras que parecían reclamar cada uno de sus gestos, cada una de sus sonrisas. Las chicas se arremolinaban a su alrededor con esa mezcla de timidez y audacia que despiertan los hombres poderosos. Y él, impecable con su traje claro, sonreía, asentía, interactuaba con la facilidad de quien está acostumbrado a ser el centro.

Entre ellos, distinguió a sus hermanos. Antonio, Alejandro, Mario. Y a sus cuñadas, riendo y charlando como si todo fuera normal.

Pero algo le heló la sangre. David. David y Betty estaban allí también, justo al lado de Min Ho. Los vio acercarse, intercambiar un rápido saludo con él, y luego... unirse al grupo.

Sin dudar. Sin mirar atrás. Sin buscar su aprobación.

Se integraron al círculo que festejaba a Min Ho con una naturalidad que a Julieta le pareció una puñalada.

Su hermano. Su mejor amiga.

Del otro lado. Con él.

Un nudo inmenso, doloroso, le cerró la garganta. Porque no era solo que estuvieran allí. Era la sensación de ser abandonada, de ser la única que no pertenecía a ese mundo de celebración y alegría. Simbólicamente, la habían dejado sola en su dolor.

Para sobrevivir, Julieta se aferró a lo único que tenía: las conversaciones de los amigos de sus padres. Personas mayores, ajenas al drama, que hablaban de cosas sin importancia —el clima, la comida, los nietos— y que, sin saberlo, se convirtieron en sus salvavidas.

Cada anécdota era un clavo al que agarrarse para no naufragar. Cada broma, una distracción. Cada risa compartida, un respiro.

Pero a pesar de no mirarlo, a pesar de mantener los ojos fijos en sus interlocutores, a pesar de reír y asentir y parecer absolutamente normal... sentía el peso de la mirada de Min Ho sobre ella. Constante. Insoportable.

Como un punto de calor en la espalda que no se apagaba, que no cesaba, que le quemaba la piel a través del vestido. Sabía que la estaba mirando. Lo sabía con la misma certeza con que sabía que el sol saldría al día siguiente. Y esa certeza era a la vez un consuelo y una tortura.

Después de una hora que le pareció eterna, Betty regresó a la mesa. Venía con una expresión radiante, una alegría tan evidente que a Julieta le pareció casi ofensiva. Como si el mundo no se estuviera desmoronando a su alrededor. Se inclinó hacia la señora Pacheco, y su voz, cuando habló, era un susurro emocionado:

—¡Dentro de unos momentos, los señores Park van a hacer un anuncio!

La señora Pacheco arqueó una ceja, curiosa.

—¿Qué tipo de anuncio?

Betty bajó aún más la voz, pero Julieta, que estaba justo al lado, escuchó cada palabra con la nitidez de un cristal rompiéndose.

—Van a anunciar el compromiso oficial de Min Ho. Con su prometida. ¡Es oficial!

Las palabras resonaron en los oídos de Julieta como una campanada fúnebre.

Compromiso oficial. Prometida. Anuncio.

Sintió cómo la sangre le ardía en las venas. No era fiebre. Era rabia. Una rabia pura, incandescente, que se mezclaba con un dolor tan agudo que le taladraba el pecho como un punzón de hielo.

¿Era necesario? ¿Este espectáculo? ¿Esta crueldad pública?

Sabía que no podría soportarlo. No podría sentarse allí, sonriente, mientras él subía a algún estrado y confirmaba su traición ante todos. No podría verlo feliz, radiante, orgulloso, mientras ella se deshacía por dentro.

No. No podía.

En cuanto Betty se alejó de nuevo, sin duda para unirse al círculo de celebración, Julieta se volvió hacia su madre.

Sus ojos verdes, esos que horas antes brillaban con determinación, ahora estaban velados por un brillo de lágrimas contenidas. Pero no lloraría. No aquí. No delante de todos.

—Mamá —susurró, con la voz quebrada por la urgencia, por la desesperación contenida—. Discúlpame. Por favor.

Su madre la miró, y en sus ojos había una mezcla de preocupación y comprensión.

—No podré soportarlo —confesó Julieta, y cada palabra era un esfuerzo sobrehumano—. Escuchar el anuncio, verlo feliz, fingir que me alegro... no puedo. Por favor, entiéndelo.

Con manos temblorosas pero discretas, deslizó su mano dentro del pequeño bolso que llevaba. Extrajo el estuche de terciopelo azul —el mismo que Min Ho le había entregado en Corea con tanto amor— y lo depositó en las manos de su madre.

—Devuélveselo —susurró—. Por favor. No quiero tener nada que me lo recuerde.

Su madre apretó el estuche, y en su mirada había una promesa silenciosa.

—Vete tranquila —respondió, con una voz tan baja que solo ella pudo escucharla—. Yo me encargo.

Julieta asintió, agradecida. Luego, con una sonrisa forzada para quien pudiera observarla —porque siempre había que mantener las apariencias, siempre—, se levantó de la mesa con una calma estudiada.

Caminó hacia la salida. Cada paso era una victoria sobre el impulso de correr, de gritar, de derrumbarse. Cada paso era una declaración de dignidad. No miró atrás. No podía. Porque si miraba atrás, si veía su silueta una vez más, sabía que no tendría fuerzas para irse. Así que siguió caminando. Alejándose de las luces. Alejándose de las risas. Alejándose de él.

El jardín se quedaba atrás, la fiesta se desvanecía, y el estuche de terciopelo azul cambiaba de manos, llevándose con él un pedazo de su corazón. Pero también, quizás, comenzando a liberarla.

Una vez fuera, el aire fresco de la noche no logró aliviar el fuego interior. No quiso volver a la casa que ahora sentía llena de espectros. Sus pies la llevaron al parque, a su columpio, el cómplice silencioso de todos sus sueños y desilusiones.

Al sentarse y comenzar a mecerse suavemente, el dique se rompió. Todos los recuerdos, los besos robados, las promesas susurradas, la mirada de él en el balcón... todo llegó en una avalancha implacable. Y entonces, por primera vez sin testigos, permitió que las lágrimas silenciosas cayeran libremente, salpicando el suelo oscuro con el amargo rocío de un amor que, esa noche, moría para siempre.

29

En la penumbra del parque, donde solo se escuchaban, a lo lejos, los ecos de la fiesta —suspiros de la noche, risas ajenas, fragmentos de música—, Julieta por fin permitió que sus lágrimas hablaran por ella.

Llevaba tanto tiempo conteniéndolas. En el aeropuerto de Seúl, en el avión, en cada noche de insomnio desde que vio aquel beso en el ascensor. Las había ahogado con trabajo, con viajes, con sonrisas falsas. Pero ahora, sola en la oscuridad, en el parque que había sido testigo de su amor adolescente, ya no podía más. Las lágrimas rodaban libres, silenciosas, calientes.

Pero el crujir de la gravilla bajo unos pasos firmes la sobresaltó.

Su corazón dio un vuelco. No. No podía ser. Una voz, tan familiar como su propio latido, cortó la noche:

—¿Te vas de mi fiesta sin siquiera dignarte a saludarme?

Julieta alzó la vista, y allí estaba. Min Ho, plantado frente a ella, su silueta recortada contra las luces del festejo que aún brillaban a lo lejos. Las luces creaban un halo a su alrededor, como si fuera un sueño, una aparición.

Con un gesto brusco —casi violento—, se secó las mejillas húmedas. No. No iba a llorar delante de él. No iba a darle esa satisfacción.

—Vaya desfachatez la tuya —espetó, y su voz, aunque quería sonar firme, temblaba con un dolor que no podía ocultar—. ¿En serio tienes el valor de venir a reclamarme?

—No deberías estar aquí, Julieta —dijo él, ignorando su provocación. Con una calma que a ella le pareció insultante, ocupó el columpio contiguo. El mismo donde se habían sentado tantas tardes, tantas vidas atrás.

—¡Tú tampoco! —replicó ella, clavando la mirada en algo que él sostenía entre sus dedos.

El medallón. El estuche de terciopelo azul estaba abierto sobre su mano, y el medallón de oro brillaba bajo la tenue luz de las farolas del parque. Como una acusación. Como un recordatorio de todas las promesas rotas.

—Por favor —dijo él, con una suavidad que la desarmaba—. Regresa conmigo a la fiesta.

—Es tu fiesta de bienvenida, Min Ho —respondió ella, con una frialdad que le costaba sangre mantener—. No la mía. Yo no tengo nada que celebrar allí.

Él la miró largamente. Y entonces, su voz se volvió grave, seria.

—No es solo una fiesta —declaró—. Es la noche en que quiero anunciar mi compromiso de matrimonio ante todos los que amo.

La frase le atravesó el pecho como un puñal. Un puñal de hielo, afilado, directo al corazón.

Julieta sintió que el mundo se desdibujaba a su alrededor. Las luces, los árboles, el parque... todo perdió nitidez. Solo existía ese dolor, ese vacío, esa confirmación. Pero un último destello de orgullo —ese orgullo que su madre le había enseñado a cultivar— la sostuvo.

—Pues precisamente por eso no deberías estar aquí —logró decir, con una voz que milagrosamente sonó firme—. Perdiendo el tiempo conmigo, cuando deberías estar con tu prometida, preparando el gran anuncio.

Min Ho esbozó una sonrisa. Esa sonrisa. La que siempre la había desarmado. La que la hacía sentir que todo estaba bien, aunque el mundo se incendiara a su alrededor. Extendió la mano, mostrando el medallón que brillaba bajo la luz.

—Sí —dijo, como respondiendo a una pregunta que él no había formulado—. Le pedí a mi madre que te lo devolviera.

—Y me lo dio. Y supe que tenías que estar aquí para recibirlo de nuevo. —Julieta sintió que la rabia le hervía en las venas.

—¿Por qué, Min Ho? —preguntó, y su voz se quebró—. ¿Por qué haces esto?

—Te dije que este medallón ha pertenecido, por generaciones, a la mujer amada por el hombre de esta familia. Te lo expliqué con todo mi corazón.

—¡Entonces entrégaselo a tu prometida! —lo interrumpió, con un arrebato de celos tan genuino, tan visceral, que no pudo contener—. ¡Ella es la mujer con la que vas a casarte! ¡Dáselo a ella, no juegues conmigo!

Min Ho la observó. La vio tan airada, tan viva en su indignación, con los ojos verdes llameantes y el cabello rojo revuelto por el viento nocturno. La vio hermosa en su dolor, magnífica en su rabia. Y no pudo disimular del todo su sonrisa.

—Eso estoy tratando de hacer, Julieta —confesó, jugando con la joya entre sus dedos—. Eso es exactamente lo que estoy tratando de hacer. —Ella lo miró, confundida. —Pero estás tan enfadada conmigo —continuó él, con una ternura infinita— que ni siquiera me dejas explicarme. No me dejas terminar una frase. No me dejas decirte la verdad.

—¡Ya basta, Min Ho! —exclamó ella, levantándose del columpio con un movimiento brusco—. ¡No trates de confundirme con juegos de palabras! ¡Sé muy bien lo que vi! —Comenzó a caminar, alejándose, pero él se levantó también.—Sé muy bien que te comprometiste con esa mujer —continuó Julieta, sin volverse—. La vi besarte en el ascensor. Me lo confirmaron tus propios empleados. Todos en tu empresa saben que llevan comprometidos un año. ¡Un año, Min Ho! —Su voz se rompió al final. —

Y pronto te casarás con ella. Así que no, no me des explicaciones. No quiero oírlas.

El silencio que siguió fue denso, pesado. Y entonces, la voz de él, más cerca de lo que esperaba:

—¿Quieres decir...?

Julieta se volvió. Él estaba a solo un paso, su rostro iluminado por una expresión de comprensión repentina.

—¿Quieres decir que te fuiste de Seúl sin despedirte? ¿Que has sufrido todo este tiempo, que has estado escondiéndote de mí, porque creíste que yo había besado a esa mujer y te había sido infiel?

Ella lo miró con una indignación que era puro dolor no sanado.

—¡Porque lo vi! —exclamó—. ¡Lo vi con mis propios ojos!

Min Ho negó lentamente con la cabeza. Y en sus ojos, en lugar de defensa, había una ternura inmensa.

—No la besé, Julieta —dijo, y su voz era firme, clara, verdadera—. Ella me besó a mí.

Hizo una pausa, dejando que las palabras se asentaran.

—En la mejilla, Julieta. Fue un beso en la mejilla. Un gesto de gratitud, porque la ayudé a conseguir el trabajo de sus sueños. Un trabajo que la llevaría lejos de Corea, a otro continente. Por eso me besó, emocionada, agradecida. Nada más.

Julieta sintió que el suelo se movía bajo sus pies.

—Y en cuanto al compromiso del que hablas...

Min Ho dio un paso más. Ahora estaban tan cerca que ella podía sentir su calor, su aliento.

—No lo establecí hace un año —confesó, mirándola fijamente—. Lo rompí hace un año. —Las palabras cayeron como bombas de luz. —Cuando entendí, Julieta. Cuando por fin entendí que no podía construir un futuro con nadie que no fueras tú. Que no importaba lo que mi abuelo hubiera planeado, ni los contratos firmados, ni las alianzas empresariales. Mi corazón ya tenía dueña. Y lo había tenido desde siempre.

La noticia le golpeó con la fuerza de un maremoto. Un grito de alegría pura quiso escapar de su garganta, una explosión de luz en medio de tanta oscuridad. Pero lo contuvo.

No. No sería tan fácil.

El dolor había sido real. Las lágrimas derramadas, reales. Las noches de insomnio, reales. No podía olvidarlo todo con unas pocas palabras. Así que, conteniendo el torrente de felicidad que amenazaba con inundarla, cruzó los brazos sobre el pecho y mantuvo su expresión más severa. Él le debía una explicación completa. Y no se rendiría hasta obtenerla.

—Pero sí me engañaste —dijo, y su voz temblaba, entre el dolor y la rabia—. Me juraste que no te habías enamorado de nadie más. Me lo juraste, Min Ho. Y resulta que... ¡que hasta te comprometiste con otra!

Min Ho no apartó la mirada. No se defendió. No se justificó. Solo asintió, aceptando su dolor, su rabia, su derecho a exigir respuestas.

—Escúchame —pidió, y su voz era un susurro cargado de verdad—. Por favor, Julieta. Escúchame entero. Y luego, si quieres, puedes irte. Puedes odiarme. Puedes no volver a hablarme nunca más. Pero déjame explicarte.

Ella no dijo nada. No se movió. Pero no se fue. Y eso, para él, fue suficiente.

—Cuando mis padres y yo regresamos a Corea —comenzó, y en su voz había el peso de los años—, lo primero que supe, incluso antes de deshacer las maletas, fue que mi abuelo había tomado una decisión sin consultarme. —Hizo una pausa, buscando las palabras correctas en la profundidad de sus recuerdos. —Me había comprometido con la hija de su socio. Un matrimonio pactado, de esos que sellan alianzas empresariales. No me preguntaron. No me pidieron opinión. Simplemente... me sentenciaron.

Julieta sintió que algo se removía en su pecho.

—Mi padre —continuó Min Ho—, sabiendo lo que tú significabas para mí, intentó razonar con mi abuelo. Discutieron durante semanas. Y lo único que consiguió fue un aplazamiento. Un plazo: el matrimonio se celebraría cuando yo terminara la universidad. Ni un día más.

Su voz se volvió más grave, más íntima.

—Me sentí sentenciado, Julieta. Como un preso al que le dan una fecha de ejecución. Esa noche, cuando entendí que mi vida ya no me pertenecía, que el camino hacia ti estaba cortado para siempre... me desesperé.

Cerró los ojos un instante, reviviendo el momento.

—Te escribí cientos de cartas. Cientos. En cada una te explicaba lo que pasaba, te pedía que esperaras, te juraba que encontraría una solución. Y las conservo todas, Julieta. Las tengo guardadas en una caja, porque eran los pedazos de mi corazón que aún te pertenecían.

Abrió los ojos y la miró.

—Pero nunca las envié. ¿Qué sentido tenía? Era un hombre encadenado a un contrato, un peón en un juego que no elegí jugar. No podía pedirte que esperaras algo que quizás nunca llegaría. No podía atarte a mi incertidumbre.

Una lágrima silenciosa rodó por la mejilla de Julieta.

—Así que me refugié en una tormenta de responsabilidades —confesó él—. Estudié dos carreras a la vez. Me sumergí en los libros, en los exámenes, en las prácticas. Y al terminar, me convertí en un nómada del trabajo. Viajaba sin descanso, de un país a otro, de una reunión a otra. Su voz se quebró apenas.

—Me escondí, Julieta. En los horarios imposibles, en los aeropuertos, en las salas de juntas. Trabajaba como un poseso, dieciocho horas al día, para agotarme tanto que no me quedaran fuerzas para pensar. Para ahogar el eco de tu nombre en mi mente.

El silencio que siguió fue sagrado.

Julieta sentía que el corazón se le desbocaba, que la realidad se reconfiguraba ante sus ojos. Todo lo que había creído, todo lo que había sufrido, todo lo que había llorado... estaba siendo desmontado pieza por pieza.

—¿Y no conociste a nadie más? —preguntó, casi en un susurro. La pregunta más temida. La que necesitaba responder para poder sanar.

Él se levantó del columpio. Cerró la distancia entre ellos y tomó sus manos, ayudándola a levantarse también. Su voz, cuando habló, era serena. Pero sus ojos brillaban con una intensidad que la desarmó por completo.

—Conocí a muchas mujeres —confesó, y su voz era grave, sincera, como un libro que por fin se abre después de años cerrado—. En universidad, en viajes de negocios, en eventos sociales. Mujeres hermosas, interesantes, inteligentes.

Julieta sintió un leve pinchazo, pero no apartó la mirada.

—Pero ninguna —continuó él, apretando sus manos—, ninguna logró lo que tú habías hecho sin siquiera proponértelo.

Hizo una pausa, buscando las palabras exactas.

—Habitarme. Ocupar mi corazón de tal manera que no quedara espacio para nadie más.

Ella lo miró. Y en la profundidad de sus pupilas, bajo la luz tenue del parque, solo vio verdad.

—Mírame, Julieta —susurró—. Y dime si en estos ojos ves algo que no sea amor por ti. No hubo nadie más —declaró él, con una convicción que no admitía duda—. No podía haberlo. Porque cada vez que intentaba siquiera imaginar una vida con otra persona, aparecías tú. En cada canción, en cada atardecer, en cada maldito momento de soledad.

Su voz se volvió más íntima.

—Intenté olvidarte, Julieta. Lo juro. Lo intenté con todas mis fuerzas. Porque era la única forma de dejar de torturarme cada noche, de dejar de preguntarme dónde estabas, con quién, si eras feliz…. Y en medio de esa tortura, llegué a un punto en que deseaba, con todas mis fuerzas, que tú hubieras encontrado la felicidad. Incluso si eso significaba verla en los ojos de otro hombre.

Julieta sintió que los ojos se le humedecían.

—Era un pensamiento que me destrozaba —admitió él—. Un dolor egoísta, sí. Pero lo único que importaba, al final, era que tú fueras feliz. Aunque no fuera conmigo. —dijo, con una sonrisa irónica— Cuando mi abuelo se retiró, yo era la opción obvia para dirigir la compañía. Más responsabilidades, más viajes, más trabajo... más excusas para no pensar.

Hizo una pausa, y su expresión cambió. Se volvió más luminosa. Min Ho la sostuvo entre sus brazos un momento más, respirando su aroma, sintiendo su calor. Luego, se separó lo justo para mirarla a los ojos, pero sin soltar sus manos.

—Te espere, Julieta. Todos estos años. Sin saber si volverías a mi vida, sin saber si algún día podría liberarme de aquel compromiso absurdo... te esperé. Porque no había otra opción. Porque mi corazón ya era tuyo y lo sabía.

Julieta sintió que las piernas le flaqueaban.

—Hasta que por fin —continuó él, con una sonrisa temblorosa—, hace un año, logré lo imposible. Deshice el pacto. Convencí a mi abuelo de que no podía casarme con nadie que no amara. Le hablé de ti. Le dije que había una mujer en México que me robó el corazón cuando era un adolescente, y que ningún año, ninguna distancia, ningún contrato podría hacerme olvidar.

—¿Y... y él? —atinó a preguntar Julieta.

—Mi abuelo es un hombre de negocios —sonrió Min Ho—. Pero también, en el fondo, un romántico. Me dijo que si estaba tan seguro, que fuera a buscarte. Que no perdiera más tiempo… La esperanza —continuó él—, esa criatura frágil a la que creía ahogada, muerta, enterrada bajo años de resignación... golpeó mi pecho con una fuerza que me dejó sin aliento. En ese instante supe que lo arriesgaría todo. Todo.

Apretó sus manos con más fuerza.

—No podía seguir siendo el fiel custodio de mi propia infelicidad. No podía seguir aceptando un destino que no había elegido. Así que me planté frente a mi socio y le declaré la guerra.

Una sonrisa feroz, determinada, apareció en sus labios.

—No fue una negociación. Fue una rendición de cuentas. Le dije que el compromiso se acababa. Que no me casaría con su hija. Que prefería perderlo todo antes que seguir atado a una mentira.

—¿Y él? —preguntó Julieta, con la voz apenas un susurro.

—Las discusiones fueron brutales —admitió Min Ho—. Semanas de tensiones, de amenazas, de abogados. Pero cada una valía la pena con solo pensar en recuperar, aunque fuera una mínima posibilidad de tenerte en mi vida.

Su mirada se ablandó.

—El día que el compromiso se rompió oficialmente, no celebré por la empresa. No celebré por la libertad. Respiré hondo, por primera vez en años, y tu nombre fue el único que pasó por mis labios. "Julieta", dije en voz alta, solo para escucharlo, solo para recordar cómo sonaba.

—¿Y la invitación? —preguntó ella, empezando a comprender.

Sus pulgares acariciaron sus pómulos, secando las lágrimas que no cesaban.

—Hace poco, mi madre me mostró algo. Tu blog.

Julieta contuvo el aliento.

—Estaba en su tablet, leyendo artículos de viajes. Y de repente, apareciste tú. Tu sonrisa en la pantalla, tu cabello rojo, tus ojos verdes... igual que siempre, pero más tú. Más mujer. Más hermosa.

Su voz tembló ligeramente.

—Y al leer que seguías soltera, Julieta... fue como si alguien encendiera la luz en una habitación que había estado a oscuras durante años. Lo primero que hice —confirmó él—, incluso antes de que el acuerdo estuviera firmado, fue dar la orden. "Tráiganla a mí. Invítenla a Corea. No importa cómo, no importa el costo. No puedo perder un segundo más".

Julieta sintió que las lágrimas volvían a asomar.

—¿El compromiso? —preguntó, aunque ya intuía la respuesta—. ¿Cómo lo rompiste realmente?

Min Ho la miró fijamente, y en sus ojos había una verdad que ella apenas comenzaba a vislumbrar.

—Concerté una reunión con mi socio —explicó—. Tras meses de duras negociaciones, de concesiones, de batallas legales... logré romperlo.

Julieta lo miró fijamente, intuyendo que había un precio. Siempre lo había.

—Min Ho... —preguntó, con un nudo en la garganta—. ¿Qué tuviste que dar a cambio?

Min Ho la miró con una intensidad que le erizó la piel. Y entonces, con una lentitud deliberada, dio el paso que los separaba. Tomó su rostro entre sus manos, con esa mezcla de firmeza y ternura que siempre la desarmaba.

—Lo que él siempre quiso —respondió—. Desde el principio. La empresa. —Julieta parpadeó, sin comprender. —Le vendí la empresa, Julieta. La televisora. Todo.

El rostro de Julieta se descompuso en un gesto de angustia.

—¿Todo? —repitió, incrédula—. Min Ho... tu legado. Lo que construyó tu abuelo. Tu futuro...

Él la atrajo hacia sí con un suave tirón, rodeando su cintura con el brazo. Su aliento le rozó la frente cuando habló.

—Tranquila —murmuró—. La vendí por un precio excelente. No soy ningún mártir.

Ella no sonreía. Estaba conmocionada.

—Pero... era tu legado —insistió—. Tu familia...

—No era un legado, Julieta —la interrumpió con suavidad, pero con firmeza—. Era solo un negocio. Un negocio que nos arrebató años. Que nos robó la felicidad, no solo a nosotros, sino a nuestras familias.

Su abrazo se hizo más fuerte.

—Mira a tus padres —dijo, señalando con un gesto hacia la fiesta—. Mira a los míos. ¿Los has visto? Están felices. Mi madre no deja de reír con la tuya. Mi padre y el tuyo llevan toda la noche recordando viejas historias. ¿Eso tiene precio?

Julieta negó con la cabeza.

—El negocio nos separó —continuó él—. Nos mantuvo lejos. Nos robó catorce años. Pero ahora... ahora lo hemos recuperado. Todo.

La miró directamente a los ojos, y en ellos había una luz que ella no había visto en mucho tiempo.

—Yo te amo, Julieta. Con una fuerza que me aterra. Con una intensidad que no sabía que existía. Y si vender una empresa, por importante que fuera, es el precio por tenerte a mi lado... lo pagaría una y mil veces.

La miró con una ternura infinita.

—Y eso hice, Julieta. Te busqué. Te encontré. Y cuando te vi en Seúl, supe que había hecho lo correcto. Porque tú, mi amor, eres mi hogar. Siempre lo has sido.

Julieta ya no podía contenerlo más. El torrente de felicidad, de alivio, de amor, de perdón, rompió todas las compuertas.

—¿Entonces...? —preguntó, con la voz rota—. ¿El anuncio de esta noche...?

—Es nuestro anuncio, Julieta —respondió él, con una sonrisa radiante—. Si tú quieres. Quiero decirle al mundo, a mi familia, a la tuya, a todos, que la mujer a la que he amado desde que tengo memoria ha aceptado ser mi esposa.

Julieta sintió que el alma le salía del cuerpo.

—Pero tienes que perdonarme —añadió él, con humildad—. Por no contarte todo esto antes. Por no haber encontrado la manera de hacerte llegar aquellas cartas. Por haberte hecho sufrir.

Ella negó con la cabeza, sin palabras, solo lágrimas.

—¿Me perdonas, Julieta? —susurró él, con el medallón brillando entre ellos.

Ella se lanzó a sus brazos. Y allí, en el parque de su adolescencia, en los mismos columpios que habían sido testigos de su primer amor, se abrazaron con la fuerza de quien ha encontrado el camino de regreso a casa.

—Te perdono —susurró ella contra su pecho—. Te perdono todo. Solo prométeme que nunca más volverás a dejarme.

—Nunca más —juró él, besando su cabello—. Nunca más, Julieta. Te lo prometo.

Y el medallón, cálido entre ambos, brilló como un testigo mudo de que, después de todo, el amor verdadero siempre encuentra la manera de vencer.

—Seré el hombre más feliz de este planeta —declaró él, con una sonrisa radiante— si aceptas ser mi esposa.

Julieta abrió la boca para responder. Para gritar que sí, que mil veces sí, que lo amaba con todo su ser. Pero una última duda, aguda como una espina, la detuvo.

—Si me amas tanto... —preguntó, y su voz temblaba—. Si todo esto es verdad... ¿por qué me ignoraste en el aeropuerto de Seúl?

Min Ho parpadeó, confundido.

—Sé que me viste —insistió ella—. Estaba ahí, a unos metros. Y tú... fingiste que no existía.

Una expresión de comprensión, mezclada con una ternura infinita, apareció en el rostro de él.

—Ah —dijo, y una sonrisa tímida, casi de adolescente avergonzado, se dibujó en sus labios—. El aeropuerto.

—Sí, el aeropuerto —repitió ella, cruzando los brazos—. Quiero saberlo. —Min Ho suspiró, pasándose una mano por el cabello.—Tenía una cita crucial por la venta de la empresa, es cierto —admitió—. Pero la verdad... la verdad es otra.

La miró directamente a los ojos.

—Nunca imaginé encontrarte allí, Julieta. Nunca. En mis planes, iba a recibirte en la oficina, con todo preparado, con el control de la situación. Pero cuando bajé a recoger mi equipaje y te vi... allí... acercándote al carrusel...

Hizo una pausa, y en sus ojos había una vulnerabilidad que ella rara vez veía.

—Dios, Julieta. Te habías convertido en esta mujer tan hermosa, tan fascinante, tan... inalcanzable. Me quedé paralizado. No podía moverme. No podía pensar. Me transformé en un chico de quince años otra vez, sin aliento, sin palabras, sin capacidad de reacción.

Julieta sintió que algo se derretía en su pecho.

—Lo lamento —dijo él, con sinceridad—. Porque tuve que irme corriendo a mi reunión, y no pude ver en tus ojos si quedaba algo de nosotros. No pude saber si me recordabas, si me odiabas, si te daba igual.

Ella esbozó una sonrisa leve. Un dulce fuego comenzaba a encenderse en su pecho.

—¿Y después? —preguntó—. ¿Lo descubriste? ¿Qué había en mis ojos?

Min Ho sonrió, acariciándole la mejilla con ternura.

—Todavía lo intento —confesó—. Porque te niegas a mostrarme lo que guarda tu corazón. Pones barreras, te escondes, huyes. Pero yo soy paciente, Julieta. He esperado catorce años. Puedo esperar un poco más.

Ella rio, un sonido liberador.

—¿Conservas esas cartas? —preguntó entonces, su voz convertida en un hilo de seda.

Min Ho asintió, y en sus ojos brilló una luz cómplice.

—Todas —confirmó—. En una caja, guardadas como el tesoro más preciado. Las he leído tantas veces que casi las sé de memoria.

—¿Y piensas dármelas? —preguntó ella, con una sonrisa juguetona.

Él arqueó una ceja, adoptando un aire de negociación.

—Si me permites ponerte el medallón —dijo, mostrándole la joya—. Y si aceptas casarte conmigo... te las entregaré. Todas.

La sonrisa de Julieta fue entonces total, radiante, entregada. No hubo dudas. No hubo más preguntas. No hubo nada más que la certeza absoluta de que, después de todo, después de catorce años, después de tanto dolor y tanta espera, por fin estaban donde debían estar.

—Saranghae, Min Ho —susurró.

El rostro de él se iluminó con una emoción pura y desbordada. Esas palabras, en su idioma, pronunciadas por ella, con esa voz, en ese momento... era todo lo que había soñado.

—Y yo te amo con toda mi alma, Julieta —respondió—. Con todo lo que soy. Con todo lo que tengo. Para siempre.

Con manos que apenas temblaban —él, que siempre mostraba una seguridad imperturbable, temblaba de emoción—, tomó el medallón y lo colocó alrededor de su cuello.

El metal, frío al principio, se convirtió en un instante en un punto de fuego contra su piel. Como si siempre hubiera estado destinado a estar allí. Como si su pecho hubiera sido esculpido para sostenerlo.

Pero Min Ho no apartó las manos. Sus dedos se deslizaron desde el medallón hasta enmarcar su rostro, con una ternura que contrastaba con la tormenta de emociones que ardía en sus ojos.

—Julieta —susurró su nombre como una plegaria, como la única palabra que tenía sentido en el universo—. Mi Julieta.

Ella no pudo responder. No con palabras. Su mirada se fijó en sus labios, y ese fue el único consentimiento que él necesitó.

El primer contacto fue un roce. Un beso lento, explorador, casi reverente. Un beso que sellaba años de promesas rotas y dolores callados. Era dulce, era un reencontrarse después de tanto tiempo. Sabía a perdón y a nostalgia, a "por fin" y a "no te vayas nunca".

Pero solo duró un latido. Porque la pasión, contenida durante demasiado tiempo, estalló como un volcán. Min Ho ahondó el beso, y el mundo exterior se disolvió por completo. Ya no había parque, ni fiesta a lo lejos, ni pasado, ni futuro incierto. Solo existía el sabor de él, familiar y excitantemente nuevo a la vez. Solo existía el calor de su cuerpo, la fuerza de sus brazos, la urgencia de sus labios. Ella sintió sus manos bajar por su espalda, dibujando círculos que le hacían estremecer, para después atraerla con fuerza contra su cuerpo, eliminando cualquier espacio entre ellos. No había lugar para el aire, solo para el otro.

Julieta, sintiéndose por fin en casa, en el único lugar que siempre había anhelado, le correspondió con una entrega total. Sus dedos se enredaron en su cabello, tirando ligeramente, provocando un gruñido de aprobación que vibró en su boca. Cada suspiro ahogado, cada latido frenético que sentía contra su pecho, era una confesión muda. Era un beso que no solo hablaba de amor, sino de posesión. De una necesidad visceral, profunda, largamente demorada. De años de espera que por fin, por fin, encontraban su recompensa.

Cuando por fin se separaron —porque el oxígeno, ese enemigo inevitable, exigía su regreso—, jadeantes, con la frente apoyada una contra la otra y los labios hinchados por la pasión, Min Ho sonrió.

Era una sonrisa llena de promesas. Una sonrisa de puro, incontestable triunfo. La sonrisa de quien ha luchado la batalla más importante de su vida y ha ganado.

—Mi pelirroja —murmuró, su aliento caliente rozando sus labios—. Mi Julieta.

Ella sonrió, con los ojos brillantes.

—¿Sí? —susurró.

—Para siempre —respondió él, besando sus labios una vez más, suave, breve, eterno—. Para siempre.

Y el medallón, cálido contra su piel, brilló como un testigo de que, después de todo, el amor verdadero siempre encuentra la manera de vencer.

Siempre.

30

El beso terminó, pero el mundo que habían recreado a su alrededor persistió.

Esa burbuja de intimidad donde solo existían ellos dos, donde el pasado dolía menos y el futuro brillaba con una luz nueva. Con las manos entrelazadas y una felicidad que les iluminaba el rostro como una antorcha, emprendieron el camino de regreso hacia las luces de la fiesta.

Los pasos sobre la gravilla sonaban distintos ahora. Más ligeros. Más seguros.

Pero justo antes de cruzar el umbral hacia el jardín iluminado, hacia las risas y la música, Min Ho se detuvo. Con suavidad, giró a Julieta hacia él. Sus ojos oscuros la miraron con una intensidad que ella conocía bien, pero ahora había algo más. Una nostalgia dulce, un recorrido por el tiempo.

—Cuando llegué aquí —comenzó, y su voz era grave, cargada de recuerdos—, era solo un niño. Un niño que extrañaba su hogar, su país, su idioma. Todo me parecía extraño, todo me parecía lejano.

Julieta lo escuchaba en silencio, sintiendo que el corazón se le hinchaba de amor.

—Pero entonces —continuó él, una sonrisa asomando a sus labios—, en una fiesta de bienvenida, una niña tan bonita como una muñeca corrió hacia mí. Sin conocerme, sin saber quién era, me abrazó con un cariño tan puro, tan genuino, que derritió toda mi tristeza en un segundo.

Ella sintió que los ojos se le humedecían.

—A medida que esa niña fue creciendo —prosiguió él, acariciándole la mejilla—, volviéndose más radiante, más fascinante, más ella... yo solo quería acercarme. Buscaba excusas, inventaba razones para estar cerca.

Una sonrisa pícara asomó a sus labios.

—Pero tus hermanos eran mis mejores amigos. Y existía ese código no escrito entre chicos: la hermana pequeña está prohibida. Era una regla no dicha, pero sagrada.

Julieta rio suavemente.

—Así que me conformaba —confesó él—. Con nuestras tardes de baloncesto. Con los partidos en el parque. Porque sabía que, en algún momento, saldrías a despedirlos. Y esos segundos robados, en los que podía mirarte sin que nadie notara, se convirtieron en el mejor momento de mi día.

Ella apoyó la cabeza en su pecho, sintiendo el latido de su corazón.

—Hasta que un balón, decidió intervenir —dijo él, y su voz vibraba de emoción—. Ese día, en la enfermería, cuando te vi con la nariz hinchada y los ojos brillantes, supe que mi destino era no separarme de ti. Supe que había encontrado a la persona con la que quería pasar el resto de mi vida.

Hizo una pausa, tragando saliva.

—Estaba decidido, Julieta. Al terminar la universidad, iba a pedirte que te casaras conmigo. Lo tenía todo planeado. El lugar, las palabras, el anillo. Pero el destino... el destino nos jugó una mala pasada.

Su voz se quebró apenas.

—Y me arrebató catorce años junto a mi único amor.

Julieta se soltó de su mano. Pero solo para envolverlo en un abrazo por la cintura, para apoyar la cabeza en su pecho, para escuchar ese latido que era su hogar.

—Y lo que tú no sabías —susurró ella, su voz un eco de aquellos días lejanos— es lo que pasaba al otro lado de la calle.

Él la miró, curioso.

—Desde la ventana de su casa —continuó Julieta—, una niña vio bajar de un auto negro al niño de ojos almendrados más hermoso que había visto en su vida. En la fiesta de bienvenida, corrió a abrazarlo con todas sus fuerzas, como si al soltarlo, como si al dejar de tocarlo, se fuera a escapar para siempre.

Min Ho sonrió, enternecido.

—Todas las tardes —prosiguió ella—, esa niña se apostaba en el jardín. O en el balcón. Esperando. Esperando ver al chico apuesto de la casa de enfrente. Cuando sus hermanos salían a jugar, no era a ellos a quien iba a despedir. Era a él. Era para contemplar, aunque fuera un segundo, al joven que le arrancaba suspiros profundos.

Levantó la vista hacia él, y sus ojos verdes brillaban.

—Y el día que ese balón la golpeó... fue el día más afortunado de su vida. Porque le dio la excusa perfecta. La oportunidad de robarle todas sus tardes, todas sus miradas, todos sus suspiros.

Su voz se volvió más íntima.

—Lo amó tanto, Min Ho. Con una fuerza que no entendía, con una intensidad que la asustaba. Y cuando él se fue, su corazón se llenó de una tristeza que creyó eterna.

Una lágrima rodó por su mejilla, pero era de esas que sanan.

—Durante catorce años —susurró—, solo le quedaron una pulsera, unos recaditos amarillentos por el tiempo, un anillo de graduación que nunca dejó de llevar, el recuerdo de un primer beso en un jardín... y una palabra.

Lo miró directamente a los ojos.

—Saranghae.

Min Ho la abrazó con una fuerza que parecía querer fundirla con él.

—Nunca nos olvidamos —murmuró contra su cabello, contra su piel, contra su alma— porque tú y yo, Julieta, nacimos para amarnos por siempre. No fue casualidad. No fue suerte. Fue destino. Fue lo único que siempre estuvo escrito.

Ella asintió, acurrucada en su pecho, sintiendo que por fin, después de tanto, todo tenía sentido.

Entonces, él se separó lo justo para mirarla. Y en sus ojos había una mezcla de nerviosismo y felicidad.

—Y ahora —dijo, con una sonrisa radiante—, ¿me permites presentarle a mi familia y amigos a mi futura esposa?

Julieta sintió que el corazón le daba un vuelco. Pero entonces, una duda nubló brevemente su alegría.

—Min Ho... —dudó, mordiéndose el labio—. ¿No crees que la noticia les caerá como un balde de agua fría? Quiero decir... hace un rato estaban todos esperando un anuncio de compromiso, y de repente aparecemos nosotros...

Él no pudo contener una risa. No una risa cualquiera. Una risa cómplice, profunda, de esas que nacen cuando uno sabe algo que el otro ignora.

—¿Sorprenderse? —repitió, arqueando una ceja—. ¿Crees que alguien va a sorprenderse, Julieta? —Ella lo miró, confundida.—Cariño —dijo él, tomando sus manos—, mis padres pidieron tu mano hace semanas. Fueron a ver a tu madre, formalmente, como manda la tradición. Con flores, con respeto, con todo.

Julieta abrió los ojos como soles.

—Nuestras familias —continuó él— llevan días planeando no solo la fiesta de compromiso de esta noche, sino hasta el más mínimo detalle de la boda. El lugar, la fecha, el menú, los invitados. Mi madre y la tuya no han parado de hablar por teléfono.

Ella sintió que el suelo se movía bajo sus pies.

—Y por cierto —añadió él, con una sonrisa de oreja a oreja—, tus hermanos y sus esposas han estado visitando propiedades. Casas, departamentos, terrenos. Para que elijamos dónde vivir. Para que tengamos opciones cuando decidamos nuestro hogar.

Julieta lo miró atónita.

—¿Estás diciendo que...? —tragó saliva—. ¿Mi madre lo sabía? ¿Todos lo sabían?

—Por supuesto —confirmó él, con una sonrisa de puro triunfo—. Todos. Desde el principio. —Ella parpadeó, sin poder creerlo.

—¿Y nadie me dijo nada? —preguntó, con una mezcla de indignación y risa—. ¿Nadie?

—Era un secreto —respondió Min Ho, encogiéndose de hombros con fingida inocencia—. Teníamos que asegurarnos de que aceptaras. Y de que no huyeras otra vez.

Julieta abrió la boca para protestar, pero entonces él bajó la mirada hacia su propia solapa. Hacia el lugar donde, en un traje, debería ir un alfiler o un pañuelo.

—Y hablando de cómplices —dijo, con esa sonrisa pícara que la desarmaba—. ¿Te atreverías a ponerme el medallón de corbata? —Julieta lo miró. Y entonces, el rubor invadió su rostro.

—¡No puedo creerlo! —exclamó, dándole un suave golpe en el brazo—. ¡Mi propia madre! ¡Ella sabía! ¡Ella... ella es una traidora!

Min Ho rio, atrapando su mano y besando sus nudillos.

—No es traidora —corrigió—. Es cómplice. La mejor cómplice que un hombre podía desear.

Julieta negaba con la cabeza, pero no podía dejar de sonreír. Era una sonrisa inmensa, radiante, de felicidad pura.

—Mi madre... —murmuró, aún incrédula—. Todos estos días, fingiendo que no sabía nada. Aconsejándome, consolándome... y todo el tiempo sabía.

—Sabía que este momento llegaría —confirmó Min Ho—. Y solo quería verte feliz.

Ella lo miró, y en sus ojos verdes había un brillo nuevo. De gratitud, de amor, de asombro.

—Te odio —dijo, pero sonaba a "te amo".

—Lo sé —respondió él, besando su frente.

Riendo, con las manos entrelazadas y la complicidad brillándoles en la mirada, regresaron a la fiesta. Caminaban como dos adolescentes que acababan de burlar al mundo, que habían descubierto un secreto que nadie más conocía. Pero al cruzar el umbral, al ver las sonrisas de sus familias, al sentir los aplausos y las miradas cómplices... Comprendieron. El mundo, esta vez, no estaba en su contra. El mundo, esta vez, estaba de su parte.

Al cruzar el umbral juntos, un silencio expectante los recibió. Fue un instante breve, apenas un suspiro, en el que el mundo contuvo el aliento para observarlos. Y entonces, el estallido. No fue solo una algarabía de aplausos y vítores. Fue una ola. Una ola de felicidad tan inmensa, tan genuina, que los envolvió por completo, arrastrándolos hacia un mar de emociones compartidas.

Las caras conocidas se fundían ante sus ojos en un mosaico de amor. Sus padres, con lágrimas rodando por mejillas que no intentaban secarlas. Sus hermanos, aplaudiendo con la fuerza de quienes han esperado este momento toda una vida. Los amigos de siempre, los del barrio, los del balcón, los de las tardes de baloncesto... todos allí. Todos sonriendo. Todos celebrando.

Y en cada sonrisa había complicidad. En cada mirada, un "por fin". En cada lágrima, la certeza de que aquel no era un secreto para nadie. Era una celebración colectiva, un sueño compartido, que solo esperaba su entrada para comenzar.

Y mientras las familias se acercaban a abrazarlos, mientras las risas y las lágrimas de felicidad se mezclaban, Julieta sintió que el medallón pesaba sobre su pecho. Pero ya no era un peso. Era un ancla. Un hogar. Una promesa.

La promesa de que, después de todo, después de catorce años, después de tanto dolor y tanta espera... Por fin, estaban en casa. Juntos. Para siempre.

Min Ho, sin soltar la mano de Julieta ni un instante, la guio al centro de la sala. La luz de la araña hacía destellar cada mirada de alegría, convirtiendo el momento en algo casi irreal, como sacado de un cuento. Pero el calor de su mano, el latido de su pulso contra el de ella, era real. Más real que nada.

Bajo la atenta y feliz mirada de sus familias —que se miraban entre sí con la satisfacción de quienes han orquestado el mejor de los finales, el único final posible—, él se volvió hacia ella. Sus ojos se encontraron. Y en ese instante, el mundo dejó de existir una vez más.

Con una ternura que le hacía temblar levemente los dedos —él, que siempre mostraba una seguridad imperturbable, temblaba de emoción—, Min Ho sacó algo de su bolsillo. Un pequeño estuche. De terciopelo. Rojo como el cabello de ella. Lo abrió. Y el diamante capturó toda la luz de la habitación.

No era solo una piedra preciosa. Era un universo de destellos que parecían contar su historia: el brillo cálido del pasado, con aquellas tardes en los columpios; el fuego intenso del presente, con este reencuentro que parecía milagroso; y la promesa límpida del futuro, ese que por fin podrían construir juntos. Julieta sintió que el corazón se le detenía.

—Julieta —dijo Min Ho, y su voz era grave, profunda, verdadera—. Te he amado desde que tengo memoria. Te he esperado durante catorce años. He recorrido el mundo entero buscando algo que siempre supe que estaba aquí, en este jardín, en esta calle, en este país, en tu corazón.

Ella lloraba sin disimulo, pero eran lágrimas de felicidad pura.

—¿Me permites —continuó él, con una sonrisa temblorosa— dejar de esperar? ¿Me permites despertar cada mañana a tu lado, viajar contigo por el mundo, construir contigo ese hogar del que tanto hablamos?

Hizo una pausa, y el anillo brilló entre sus dedos.

—¿Te casarías conmigo, Julieta?

Ella no pudo hablar. No pudo articular palabra. Solo asintió, una y otra vez, mientras las lágrimas rodaban libres por su rostro.

Min Ho tomó su mano izquierda. Con una solemnidad que conmovió a todos los presentes, deslizó el aro —helado al principio, pero pronto caliente por su piel— por su dedo. Un ajuste perfecto. Como si siempre hubiera estado destinado a estar allí.

Un suspiro colectivo recorrió la sala. Un suspiro de emoción contenida, de belleza compartida, de amor presenciado. Pero antes de que estallaran de nuevo los aplausos, antes de que el mundo irrumpiera en su burbuja, sus miradas se encontraron.

Y en los ojos de Min Ho, Julieta vio algo que la dejó sin aliento. Vio el reflejo de la niña del jardín, esa que corrió a abrazarlo sin conocerse. Vio a la adolescente de los columpios, la que guardaba sus notas en un cajón secreto. Vio a la mujer que había viajado por el mundo entero buscando sin saber que lo buscaba a él. Y vio, fundidas en una sola imagen, todas las versiones de sí misma que habían existido. Todas unidas por un mismo amor. Un amor eterno.

Él se inclinó. Ella se elevó para recibirlo. Y cuando sus labios se encontraron de nuevo, no fue solo una promesa de futuro. Fue la culminación de catorce años de espera.

Fue el sello de un reencuentro que sabía a destino, a única verdad posible, a hogar encontrado después de tanto andar perdidos.

Ella sintió cómo el último fragmento de su corazón —aquel que había guardado celosamente en la más profunda soledad, aquel que ni los viajes ni los años habían logrado alcanzar— encajaba para siempre en su lugar.

El beso era tierno. Era profundo. Estaba cargado de la pasión acumulada durante años de ausencia, de la dulce certeza de que, por fin, no tendrían que separarse nunca más.

Sabía a "por fin" después de tanto "todavía no". Sabía a "siempre" después de tanto "adiós". Sabía a hogar.

Los vítores estallaron entonces con una fuerza arrolladora. Las palmas, los gritos de alegría, las lágrimas de emoción, los abrazos entre las familias... todo se fundió en una sinfonía de felicidad colectiva.

Pero para ellos, todo fue solo un eco lejano. En su universo privado —esa burbuja que habían creado desde niños sin saberlo— solo existía el calor del otro. Solo existía el latido acompasado de sus corazones, que por fin, después de tanto tiempo, latían al unísono.

Solo existía el feliz comienzo de la eternidad que, desde que eran dos niños en un jardín, desde que una pelirroja abrazó a un niño de ojos almendrados en una fiesta de bienvenida, les había pertenecido. Siempre. Sin saberlo. Sin merecerlo. Simplemente, porque sí.

Porque algunas historias están escritas antes de que existan las palabras para contarlas. Porque algunos amores nacen para ser eternos. Y el de ellos, definitivamente, era uno de esos.

Cuando por fin separaron sus labios, con las frentes apoyadas y las sonrisas más radiantes que jamás habían tenido, Min Ho susurró:

—Te amo, Julieta Pacheco. Mi pelirroja. Mi vida. Mi hogar.

Ella rio, con una risa que era pura luz.

—Y yo te amo, Park Min Ho. Mi niño de ojos almendrados. Mi espera. Mi siempre.

La familia se acercó entonces, rodeándolos, abrazándolos, integrándolos en un círculo de amor que los contenía a todos.

Y allí, en medio de esa marea de felicidad, Julieta supo que había encontrado lo que había estado buscando sin saberlo durante todos esos años de viajes y soledades.

No era un lugar.

Era él.

Siempre fue él.

Y por fin, milagrosamente, estaba en casa.

Para siempre.

OTRAS OBRAS DE LA AUTORA

*

HISTORIA DE UNA MIRADA
Kankis Lefky

Romance Contemporáneo

*

SUEÑOS Y ROMANCE
Kankis Lefky
Romance Contemporáneo

*

EL LLAMADO DEL AMOR
Kankis Lefky
Romance Contemporáneo

*

LA ESPADA SAGRADA
Blanca Shiroi
Fantasía épica

*

LOS ANTIGUOS
Blanca Shiroi
Fantaciencia

*

LA JOYA DE LA DONCELLA
Blanca Shiroi
Romance paranormal

*
FLECHAS DORADAS
Blanca Shiroi - Alta Fantasía

*
GUARDIANES DE LA LUZ
Blanca Shiroi - Romantasy

*
CUENTOS DEL CASTILLO DEL CRISTAL
Blanca Shiroi

AUTORA

Blanca Alonso es una autora mexicana apasionada por la fantasía y el romance. Desde muy pequeña comenzó a escribir cuentos, encontrando en la escritura no solo un refugio, sino el eco más fiel de su voz interior.

Sus historias transitan entre lo mágico y lo emocional, donde los destinos se entrelazan, la música atraviesa el tiempo y el amor se construye desde el alma. Su voz creativa se desdobla en dos corrientes que nacen de una misma esencia.

Como **Blanca Shiroi**, da vida a novelas de fantasía donde la magia y lo divino se entrelazan con la emoción humana, y el amor es capaz de desafiar profecías, entidades y mundos enteros. Sus universos épicos están impregnados de una sensibilidad musical y espiritual, donde lo extraordinario invita a perderse.

Como **Kankis Lefky**, escribe romance limpio (*clean romance*), capturando la poesía de lo cotidiano y la intimidad de los sentimientos. Sus historias contemporáneas exploran el amor que se revela despacio, con ternura y melancolía, privilegiando la conexión profunda del alma por encima de lo explícito.

En sus relatos, los personajes se buscan entre silencios, se enamoran con el corazón y se eligen desde la espera, guiados por una sensibilidad etérea y romántica.

Además de escribir, Blanca es **maestra de idiomas** y forma parte de un **coro como soprano**, disciplinas que nutren su amor por la palabra, la música y la belleza de los lenguajes. Se define como un alma tranquila, amante de la música clásica, los momentos de contemplación y una buena taza de té de frutos del bosque.

Comparte reflexiones literarias, recomendaciones y fragmentos de su universo creativo en **YouTube y Facebook bajo el nombre** *El Jardín de Lefky*, un espacio dedicado a la magia de las palabras, la música y los amores que no gritan... pero permanecen.

Escribe para quienes aún creen en la magia, en los amores que arden sin tocarse y en las historias que dejan una huella eterna en el corazón.

Julieta y Min Ho   Kankis Lefky

www.ingramcontent.com/pod-product-compliance
Lightning Source LLC
LaVergne TN
LVHW021810060526
838201LV00058B/3309